川端康成

かわばたやすなり

一八九九年六月十四日—一九七二年四月十六日

川端康成
经典作品

雪国

【日】川端康成 著
高慧勤 译

新世界出版社

图书在版编目（CIP）数据

雪国 /（日）川端康成著；高慧勤译．-- 北京：
新世界出版社，2024.3
（川端康成经典作品）
ISBN 978-7-5104-7633-4

Ⅰ．①雪… Ⅱ．①川… ②高… Ⅲ．①中篇小说—日
本—现代 Ⅳ．① I313.45

中国版本图书馆 CIP 数据核字 (2022) 第 232174 号

川端康成经典作品

雪国

作　　者：[日] 川端康成
译　　者：高慧勤
责任编辑：陈　超
装帧设计：高　瓦
内封绘制：王　敏
内文制版：北京维诺传媒文化有限公司
责任校对：宣　慧　张杰楠
责任印制：王宝根
出　　版：新世界出版社
网　　址：http://www.nwp.com.cn
社　　址：北京西城区百万庄大街 24 号 (100037)
发 行 部：(010)6899 5968（电话）(010)6899 0635（电话）
总 编 室：(010)6899 5424（电话）(010)6832 6679（传真）
版 权 部：+8610 6899 6306（电话）nwpcd@sina.com（电邮）
印　　刷：小森印刷（北京）有限公司
经　　销：新华书店
开　　本：880mm × 1230mm　1/32　　尺　　寸：145mm × 210mm
字　　数：122 千字　　印　　张：5.25
版　　次：2024 年 3 月第 1 版　2024 年 3 月第 1 次印刷
书　　号：ISBN 978-7-5104-7633-4
定　　价：45.00 元

代序

はじめに

川端康成，这位首次为日本摘取诺贝尔文学奖桂冠的作家，对于中国读者来说，并不陌生。十多年来，他的不少作品，国内已相继译介进来，如《伊豆舞女》《雪国》《古都》《花的圆舞曲》等。川端康成所构筑的艺术世界，意蕴是那么深幽，情调是那么缠绵，笔致又那么灵动，不仅征服了欧美读者，也倾倒了相当多的中国读者。那么，川端作品的魅力究竟何在？[1]

展读川端的作品，有时好似在欣赏意境朦胧的印象派绘画；但进一步吟味之下，又会发现，他构筑的艺术殿堂，纯然是一幅幅忧伤的浮世绘。

在早年的《文学自叙传》中，川端曾说过："我虽然接受西方文学的洗礼，自己也曾试着模仿，但骨子里我是个东方人，十五年来从未迷失过这个方向。"而浮世绘，在19世纪法国自然主义作家和印象派画家看来，正是最能代表日本情趣、体现日本之美的艺术。川端康成创作伊始，便显示出同传统文学的深厚渊源。

第二次世界大战后，川端康成着意于从民族的历史和文化中寻找自己的归宿，为发扬日本的传统美不遗余力。他在作品中，常写到雪国山村、枫树红叶、尼庵古刹、名胜古迹等传统题材，予以美的表现，从而唤起读者的审美情绪和对传统文化的依恋。从他的成名作《伊豆舞女》、获奖的《雪国》，直到晚年的《山之声》《古都》《美丽与悲哀》等一系列作品，无不体现出日本美的情致。这些风物和民俗，在川端的笔下，已不仅仅是小

1　本文节选自《川端赏析》，译者发表于《博览群书》1995年第11期。

说的场景，本身就构成了艺术形象。川端正是以真挚的爱和竭诚的心，表现了日本的自然美和传统美。

说川端康成的文学仿佛是忧伤的浮世绘，还不尽然。因为他在展现日本的审美情趣时，分明又透露出浓重的现代气息。

他找到了一种新的感觉方式——新感觉主义！在《新进作家的新倾向解说》等一系列文章中，川端康成阐明了他本人以及这一派的文艺主张和创作方法。所强调的重心，便是新的感觉。他申明，“表现即内容，艺术即表现”，因为，没有表现，无以了解作家所要表达的内容；但是，如果没有新的感觉，便不可能有新的表现，从而也就没有新的内容和新的文艺。“新酒不宜装入旧酒囊”，而新的感觉，在表现手法上，自应和以往有所不同。

在半个世纪的艺术实践中，川端康成不断砥砺自己的艺术感觉，给传统注入了新的生命，同时也使外来的技巧，找到了生根的土壤。他纳外来于传统，融传统于现代，从而形成自己独特的艺术风格：纤细的心理刻画，缠绵的意境渲染，自由灵动的联想，快速跳跃的节奏，意在言外的象征，简约含蓄的语言。

不过有一点要提及的是，川端康成身世的不幸，对他风格的形成，是不可忽视的一个重要因素。19 世纪的最后一年，川端出生在大阪一个医生家庭，幼失怙恃，由外祖父母抚养，到 16 岁那年，外祖父母以及平生只见过一面的姐姐也先后亡故，只剩下他孑然一身。亲人的死别，以及早年失恋的伤痛，使他变得多愁善感，养成一种内向的性格，形成悲观虚无的思想。所以，川端的小说里，经常触及死亡这一主题；他所描写的爱情，总是不那么圆满，带着人生孤寂之感。他的抒情风格，总的来说，是哀婉，是悲凉。

在川端的文艺美学里，具有浓重的唯美倾向。这种艺术高于人生的观点，不仅是他的主张，也是他创作的准则，贯穿于他的全部创作之中。

雪国

ゆきぐに

穿过县境上长长的隧道，便是雪国。夜空下，大地赫然一片莹白。火车在信号所前停了下来。

姑娘从对面的座位上起身走来，放下岛村面前的车窗。顿时卷进一股冰雪的寒气。姑娘探身窗外，朝远处喊道：

“站长先生！站长先生！”

一个男人提着灯，慢腾腾地踏雪走来。围巾连鼻子都包住了。帽子的皮护耳垂在两边。

岛村眺望窗外，心想：竟这么冷了吗？只见疏疏落落的几间木板房，像是铁路员工的宿舍，瑟缩在山脚下。不等火车开到那里，雪色就给黑暗吞没了。

“站长先生，是我。您好。”

“哦，是叶子姑娘呀！回家吗？天儿可又冷起来啦。”

“听说我弟弟这次派到这儿来工作，承您照顾啦。”

“这种地方，恐怕待不了多久，就会闷得慌了。年纪轻轻的，也怪可怜的。”

“他还完全是个孩子，请您多加指点，拜托您了。”

“好说好说，他干活很卖力。这往后就要忙起来了。去年雪可大哩，常常闹雪崩，火车进退不得，村里送茶送饭的也忙得很呢。”

“站长先生，看您穿得真厚实呀。弟弟来信说，他连背心还都没穿呢。”

“我穿了四件衣服。那些年轻后生，一冷便光是喝酒。现在着了凉，一个个横七竖八全躺在那儿了。”

站长朝宿舍方向扬了扬手上的灯。

“我弟弟他也喝酒吗？”

“他倒不。”

“您这就回去？”

“我受了点伤，要去看医生。”

“噢，这可真是的。”

站长的和服上罩着外套，似乎想赶紧结束站在雪地里的对话，转过身子说：

“那么，路上多保重吧。”

“站长先生，我弟弟这会儿没出来吗？”叶子的目光向雪地上搜寻着。

“站长先生。我弟弟就请您多照应，一切拜托了。”

她的声音，美得几近悲凉。那么激扬清越，仿佛雪夜里会传来声似的。

火车开动了，她仍旧没从窗口缩回身子。等火车渐渐赶上在轨道旁行走的站长时，她喊道：

“站长先生，请转告我弟弟，叫他下次休息时，回家一趟。”

“好吧——”站长高声答应着。

叶子关上窗子，双手捂着冻红的脸颊。

这些县境上的山，经常备有三辆扫雪车，以供下雪天之用。隧道的南北两端，已架好雪崩警报电线，还配备了五千人次的清雪民夫，再加上二千人次的青年消防员，随时可以出动。

岛村听说这位名叫叶子姑娘的弟弟打冬天起，便在这行将被大雪掩埋的信号所干活，对她就越发感兴趣了。

然而，称她“姑娘”，不过是岛村自己忖度罢了。同行的那个男子是她什么人，岛村自然无从知道。两人的举止虽然形同夫妻，但是，男的显然是个病人。同生病的人相处，男女间的拘谨便易于消除，照料得越是周到，看着便越像夫妻。事实上，一个女人照顾比自己年长的男子，俨然一副小母亲的样子，别人看着不免会把他们当成夫妻。

岛村只是就她本人而论，凭她外表上给人的印象，便擅自认为她是姑娘而已。或许是因为自己用异样的目光观察得太久，结果把自己的伤感也掺杂了进去。

三个小时之前，岛村为了解闷，端详着左手的食指，摆弄来摆弄去。结果，从这根手指上，竟能活灵活现感知即将前去相会的那个女人。他越是想回忆得清楚些，便越是无从捉摸，反更觉得模糊不清了。在依稀的记忆中，恍如只有这个指头还残留对女人的触感，此刻好似仍有那么一丝湿润，把自己带向那个遥远的女人身边。他觉得有点不可思议，时时把手指凑近鼻子闻闻。无意之中，这个指头在玻璃窗上画了一条线，上面分明照见女人的一只眼睛，他惊讶得差点失声叫出来，因为他魂牵梦萦正想着远方。等他定神一看，不是别的，原来是对面座位上那位姑娘映在玻璃上的影子。窗外，天色垂暮；车中，灯光明亮。窗上玻璃便成了一面镜子。但是暖气的温度使玻璃蒙上了一层水汽，手指没有擦拭之前，便不成其为镜子。

单单映出星眸一点，反而显得格外迷人。岛村把脸靠近车窗，赶紧摆出一副旅愁模样，装作要看薄暮景色，用手掌抹着玻璃。

姑娘上身微微前倾，聚精会神地守视着躺在面前的男人。从她肩膀使劲的样子，带点严肃、眨也不眨的目光，都显出她的认真来。男人的头靠窗枕着，蜷着腿，放在姑娘身旁。这是三等车厢。他和岛村不是并排，而是在对面一排的另一侧。男人侧卧着，窗玻璃只照到他耳朵那里。

姑娘恰好坐在岛村的斜对面，本来劈面便瞧得见，但是他俩刚上车时，岛村看到姑娘那种冷艳的美，暗自吃了一惊，不由得低头垂目；蓦地瞥见那男人一只青黄的手，紧紧攥着姑娘的手，岛村便觉得不好再去多看。

映在玻璃窗上的男人，目光只及姑娘的胸部，神情安详而宁静。虽然身疲力弱，但疲弱之中流露出一种怡然的情致。他把围巾垫在脑下，再绕到鼻子下面，遮住嘴巴，接着向上包住脸颊，好像一个面罩似的。围巾的一头不时落下来，盖住鼻子。不等他以目示意，姑娘便温存地给他掖好。两人无心地一遍遍重复，岛村一旁看着都替他们不耐烦。还有，裹着男人两脚的下摆，也不时松开掉了下来。姑娘会随即发现，重新给他裹好。这些都显得很自然。此情此景，使人觉得他俩似乎忘却了距离，仿佛要到什么地角天涯去似的。这凄凉的情景，岛村看着倒也不觉得酸楚，宛如在迷梦中看西洋镜似的。这或许因为所看到的景象，是从奇妙的玻璃上映现出来的缘故。

镜子的衬底，是流动着的黄昏景色，就是说，镜面的映像同镜底的景物，恰似电影上的叠印一般，不断地变换。出场人物与背景之间毫无关联。人物是透明的幻影，背景则是朦胧逝去的日暮野景，两者融合在一起，构成一幅不似人间的象征世界。尤其是姑娘的脸庞，叠现出寒山灯火的一刹那顷，真是美得无可形容，岛村的心灵都为之震颤。

远山的天空还残留一抹淡淡的晚霞。隔窗眺望，远处的风物依旧轮廓分明，只是色调已经消失殆尽。车过之处，原是一带平淡无趣的寒山，越发显得平淡无趣了。正因为没有什么尚堪寓目的东西，不知怎的，茫然中反倒激起他感情的巨大波澜。无疑是因为姑娘的面庞浮现在其中的缘故。映出她身姿的那方镜面，虽然挡住了窗外的景物，可是在她轮廓周围，接连不断地闪过黄昏的景色。所以姑娘的面影好似透明一般。那果真是透明的吗？其实是一种错觉，不停地从她脸背后疾逝的垂暮景色，仿佛是从前面飞掠过去，快得令人无从辨认。

车厢里灯光昏暗，窗玻璃自然不及镜子明亮，因为没有反射的缘故。所以，岛村看着看着，便渐渐忘却玻璃之存在，竟以为姑娘是浮现在流动的暮景之中。

这时，在她脸盘的位置上，亮起一星灯火。镜里的映像亮得不足以盖过窗外这星灯火；窗外的灯火也暗得抹煞不了镜中的映像。灯火从她脸上闪烁而过，却没能将她的面孔照亮。那是远远的一点寒光，在她小小的眸子周围若明若暗地闪亮。当姑娘的星眸同灯火重合叠印的一刹那顷，她的眼珠儿便像美丽撩人的萤火虫，飞舞在向晚的波浪之间。

叶子当然不会知道，自己给别人这么打量。她的心思全放在病人身上。即便转过头来朝着岛村，也不可能望见自己映在窗玻璃上的身影。恐怕更不会去留意一个眺望窗外的男人了。

岛村暗中盯着叶子看了好一会儿，忘了自己的失礼，想必是镜中的暮景有股超乎现实的力量，把他给吸引住了。

所以，她刚才喊住站长，真挚的情义盎然有余，也许岛村那时早就出于好奇，对她发生了兴趣。

车过信号所后，窗外一片漆黑。移动的风景一旦隐没，镜子的魅力也随即消失。尽管叶子那姣好的面庞依然映在窗上，举止仍旧那么温婉，岛村却在她身上发现一种凛然的冷漠，哪怕镜子模糊起来也懒得去擦了。

然而，事隔半小时之后，出乎意料的是，叶子他们竟和岛村在同一个站下车，他觉得好像要发生什么跟自己有点关系的事似的，回过头去看了一眼。但是，一接触到月台上凛冽的寒气，对方才火车上自己的失礼行为，顿时感到羞愧起来，便头也不回地绕过火车头径自走了。

男人把手搭在叶子肩上，正要走下轨道，这边的站务员急忙举手制止。

不一会儿，从黑暗处驶来长长一列货车，将两人的身影遮住了。

旅馆派来接他的茶房，身上是全副防寒装束，穿得跟救火的消防员似的。包着耳朵，穿着长筒胶鞋。有个女人也披着蓝斗篷，戴着风帽，从候车室的窗户向铁道那边张望。

火车里的暖气还没从身上完全散掉，岛村尚未真正感到外面的寒意，但他这是初次领略雪国之冬，所以，一见到当地人这副打扮，先自给唬住了。

“难道真冷得非穿成这样子不可吗？”

“是啊，完全是一身冬装了。雪后放晴的头天晚上，冷得尤其厉害。今晚怕是要到零下了。”

“这就算是零下了吗？”岛村望着屋檐下怪好玩的冰柱，随着茶房上了汽车。一家家低矮的屋檐，在雪色中显得越发低矮。村里一片岑寂，如同沉在深渊中一般。

“果然如此，不论碰到什么东西，都冷得特别。”

“去年最冷的那天，到零下二十几度呢。”

“雪呢？”

“雪嘛，一般有七八尺深，下大的时候，怕要超过一丈二三尺吧。”

“哦，这还是刚开头呐！”

“可不是，刚开头。这场雪是前几天刚下的，积了一尺来厚，已经化掉了不少。”

“竟还能化掉吗？”

“说不定几时就要下大雪。”

现在是十二月初。

岛村感冒始终不见好，这时塞住的鼻子顿时通了，一直通到脑门，清鼻涕直流，好像要把什么脏东西都冲个干净似的。

“师傅家的姑娘还在不在？”

“在，在。她也到车站来了，您没瞧见吗？那个披深蓝斗篷的。”

“原来是她？——等会儿能叫到她吧？”

“今儿晚上吗？”

“今天晚上。”

“说是师傅家的少爷今儿晚上就搭这趟末班车回来，她来接他了。”

暮色中，从镜子里看到叶子照料的那个病人，竟是岛村前来相会的那个女人家的少爷。

岛村知道这事，心里不觉一动，可是，对这一因缘时会却并不感到怎么奇怪。他奇怪的，倒是自己居然不觉得奇怪。

凭手指忆念所及的女人和眼睛里亮着灯火的女人，这两者之间，不知怎的，岛村在内心深处总预感到会有点什么事，或是要发生点什么事似的。难道是自己还没有从暮色苍茫的镜中幻境里清醒过来？那暮景流光，岂不是时光流逝的象征吗？——他无意中这么喃喃自语。

滑雪季节之前，温泉旅馆里客人最少，岛村从室内温泉上来时，整个旅馆已睡得静悄悄的。在陈旧的走廊上，每走一步，便震得玻璃门轻轻作响。在长长的走廊那头，账房的拐角处，一个女人长身玉立，和服的下摆拖在冰冷黑亮的地板上。

一见那衣服下摆，岛村不由得一怔，心想，毕竟还是当了艺伎了。她既没朝这边走过来，也没屈身表示迎候，只是站在那里一动不动。远远看去，仍能感到她的一番真情。岛村急忙走过去，默默无言地站在她身旁。她脸上搽了很厚一层白粉，想要向他微笑，反而弄成一副哭相。结果两人谁都没说什么，只是向房间走去。

已然有过那种事，竟信也不写，人也不来，连本舞蹈书都没有如约寄来。在她看来，人家是一笑了之，早把自己给忘了。按说，理应先由岛村赔不是或者辩白一番才是，可是尽管谁也没看着谁，这么一起走着，岛村仍然感觉出，她非但没有责怪自己的意思，反而整个身心都对他感到依恋。岛村觉得不论自己说什么，只会更显得自己虚情假意。在她面前，岛村尽管有些情怯，却仍然沉浸在一种甜蜜的喜悦之中。走到楼梯口时，岛村突然把竖着食指的左拳伸到她面前说：

“这家伙最记得你呐。”

“是吗？”说着便握住他的指头不放，拉他上了楼梯。

在暖笼前一松开手，她的脸唰地红到脖子。为了掩饰自己的窘态，又连忙抓起岛村的手说：

“是这个记得我，是吗？”

“不是右手，是这只手。”岛村从她掌心里抽出右手，插进暖笼里，又伸出左拳。她若无其事地说：

“嗯，我知道。”

她抿着嘴笑，掰开岛村的拳头，把脸贴在上面。

“是这个记得我的，对吗？”

“啊呀，好凉。这么凉的头发，还是头一次碰到。”

“东京还没下雪吗？”

“你上一次虽然那么说，毕竟不是由衷之言。要不然，谁会在年底跑到这冰天雪地里来？”

上一次——正是雪崩的危险期已过，新绿滴翠的登山季节。

饭桌上不久就尝不到木通的嫩叶了。

终日无所事事的岛村，不知不觉对自己也变得玩世不恭起来。为了唤回那失去的真诚，他想最好是爬山。所以，便常常独自个儿往山上跑。在县境的群山里待了七天，那天晚上，他下山来到这个温泉村，便要人给他叫个艺伎来。而那天正赶上修路工程落成典礼，村里十分热闹，连兼做戏园的茧仓都当了宴会的场所。所以，女佣约略地说了一下，十二三个艺伎本来就忙不过来，今天恐怕叫不来。不过，师傅家的姑娘，虽然去宴席上帮忙，顶多跳上二三个舞就会回来的，说不定她倒能来。岛村便又打听姑娘的事。女佣说，那姑娘住在教三味线和舞蹈的师傅家里，虽然不是艺伎，逢到大的宴会等场合，偶尔也应邀去帮忙。此地没有雏伎，多是些不愿起来跳舞的半老徐娘，所以那姑娘就给当成了宝贝。她难得一个人来旅馆应酬客人，但也不完全是本分人家的姑娘。

这一套话，岛村觉得不大可信，根本就没当回事。过了一个来小时，女佣才把那姑娘带了来，岛村惊讶之下，肃然端坐起来。女佣刚起身要走，姑娘一把拉住她的袖子，叫她也坐着。

姑娘给人的印象，是出奇地洁净。使人觉得恐怕连脚丫缝儿都那么干净。岛村甚至怀疑，是不是因为自己刚刚看过初夏山色，满目清新的缘故。

打扮虽然有点艺伎的风致，但和服下摆毕竟没有拖在地上，柔和的单衣穿得齐齐整整。只有腰带不大相称，好像挺贵重似的，相形之下显得可怜巴巴的样子。

女佣趁他们谈起山上的事，抽身走开了。姑娘竟连村里看得见的山都叫不出名字。岛村也没有喝酒的兴致。不料，姑娘却坦直地说起自己的身世：她原生在这个雪国，在东京当女侍陪酒的时候，被人赎出身来。本想日后当个日本舞的师傅借以立身处世，不承想，那位孤老一年半之后便过世了。从他死后到现在的这一段生活，恐怕才算得上是她真正的身世。不过，她似乎并不急于说出来。她说她今年十九岁。要是没谎报，人看上去倒有二十一二了。这一来，岛村才觉得不那么拘束了。等谈起歌舞伎来，有关艺人的演技风格和消息，她竟比岛村知道得还详细。也许她一直渴望有这样一个人可以谈谈，所以，说得起劲的时候，便露出风尘女子那种不拘形迹的样子。她似乎也懂得一些男人的心思。尽管如此，岛村一上来就当她是好人家的女儿看。再说他在山里有一个星期没怎么和人交谈，正是一腔热忱，对人充满眷恋之情。所以，对这姑娘，首先便有种近乎友情的好感。山居寂寥的情怀，也影响到他对姑娘的态度。

第二天下午，姑娘把洗澡用具放在走廊上，到他房里来玩。

不等她坐定，岛村冷不防提出要她帮着找个艺伎。

“你要我帮忙？”

“这还不明白？”

“你真是！我可做梦也没想到，你会求我这种事。”她愠怒地站起来走到窗旁，眺望县境上的群山。过一会儿，两颊绯红地说：

“这儿没那种人。”

“瞎说！”

“真的嘛！”说着一扭腰，坐到窗台上。“这儿绝对不作兴强迫人。全凭艺伎自己的意思。帮忙介绍之类的事，旅馆一概不管。这是真话。不信，你叫个人来，亲自问问看。”

“那你给找个人求求看。”

“为什么非要我这样做不可？”

“因为我把你当作朋友。既然想跟你交个朋友，所以，就不打你的主意。”

“这就叫朋友吗？”她不觉随着说出这么一句孩子气的话来，接着又脱口说道：

“你可真行，居然拿这种事来求我。”

“这又有什么呢？我上山把身体练结实了，脑子却不大清爽。就连跟你也不能爽爽快快地说话。”

姑娘垂下眼睑，默不作声。这样一来，岛村只好厚一厚脸皮，然而，她大概也人情练达，习以为常了。她那低垂的双目，衬着浓黑的睫毛，愈益显得娇艳妩媚。岛村端详之下，姑娘轻轻摇了摇头，脸上微微泛出红晕。

“你就叫一位你看着中意的人来吧。”

“我不是在问你吗？我人地两生，怎么知道谁漂亮？”

“你是说要找位漂亮的？”

“年轻的才好。年纪轻，不论怎么着都错不了，最好不要多嘴多舌的。只要人老实，干净些就行。想聊天时，就找你。”

“我再也不来了。”

“胡说！”

“真的，不来了。来做什么呢？”

“我是想跟你清清白白做个朋友，所以不来怎么你。”

“这是怎么说的！”

“要是有了那种事，说不定赶明儿连你的面都不愿意见了。哪里还有兴致同你聊天！我打山上到村里来，就是为了想跟人亲近亲近，所以跟你才正正经经的。不过，我毕竟是个天涯倦旅的游子呀！”

“嗯，这倒是真话。”

“本来嘛，倘使我找了一个你讨厌的人，等以后见面，你心里也不会痛快。你替我挑，总归要好一些。”

“那谁知道！”她抢白了一句，便掉过脸去，又说，“话倒是不错。”

“要是那样一来，彼此之间便完了。还有什么趣！恐怕也长不了。”

“真的，谁都是这样。我出生在码头，而这儿是温泉村。”想不到姑娘用坦率的口吻说，“客人大多是出门的人。我那时还是孩子，听好多人说过，只有那些心里喜欢你却又没有明说的人，才叫人思念，不能忘怀。即使分手以后也是这样。能够想起你，寄封信来的，也大抵是这一类人。”

姑娘从窗台上站起来，柔媚地坐在窗下的席子上。脸上的神情好像在追思遥远的往事，却蓦地又恢复坐在岛村身旁的表情。

她的声音里透着真情实意，不免使岛村有些内疚，觉得自己是不是轻率地骗了她。

但是，他并没有说谎。无论如何她总还不是风尘中人。他即便要找女人，总可以用问心无愧的方法，轻而易举就能办到，何至于来求她。她太洁净了。乍一见到她，岛村就把那种事同她分开了。

再说，他那时对夏天到哪儿去避暑，尚委决不下。正考虑要不要把家眷也带到这温泉村来。幸而这女郎不是风尘中人，可以请她给太太做伴，无聊时还可以跟她学段舞蹈解解闷。他确是这么真心打算来着。尽管他想跟这姑娘做个朋友，可毕竟还是先试探了一下。

不用说，个中情形，也跟他看暮景中的镜子相仿，以岛村现在的心境而论，不仅不想跟什么不清不白的女人纠缠，恐怕对人也有一种不切实际的看法，如同端详夜色朦胧里映在车窗上的女郎一样。

岛村对西洋舞蹈的趣味也是如此。他生长在东京的商业区，从小便接触歌舞伎戏剧。到了学生时代，他的爱好转向传统舞蹈和舞剧。而他的脾气是，凡有喜好，就非追根究底弄个明白不可。于是便去涉猎古代记载，走访各派宗师，不久又结识一批日本舞坛新秀，居然撰写起研究和评论文章来。舞蹈界对传统歌舞的抱残守缺以及对新尝试的自鸣得意，岛村显然感到不满，因而产生一个念头：只有投身实际运动，别无他法。可是，正当日本舞坛新进人才怂恿他时，他却突然改行转向西洋舞蹈，日本舞连看都不看了。相反，他开始搜集西洋舞蹈方面的书籍和照片，甚至还想方设法从国外搜求海报和节目单之类。那绝不是仅仅出于对异国情调和未知事物的好奇。他之所以能从中发现新乐趣，恰在于无缘亲眼看到西洋人表演的舞蹈之故。日本人演西洋舞，岛村从来不看，便是证明。凭借西洋的出版物，撰写有关西洋舞的文章，哪有比这更轻松的事。看都未看过的舞蹈，便妄加评论，岂不是鬼话连篇！那简直是纸上谈兵，算得是异想天开的诗篇。虽然名曰研究，实则是想当然耳。他所欣赏的，并不是舞蹈家灵活的肉体所表演的舞蹈艺术，而是根据西方的文字和照片自家所虚幻出来的舞蹈，就如同迷恋一位不曾见过面的女人一样。由于他不时写些介绍西洋舞蹈的文字，好歹也忝列文人之属，有时不免自我解嘲，但是对于没有职业的他来说，也未尝不是一种慰藉。

岛村关于日本舞的一席话，居然促使女郎跟他亲近起来，可以说，他的这些知识，到这时才算派上实际用场。不过，说不定岛村无意之间，仍像对待西洋舞那样看待这姑娘。

所以，看到自己那番含着淡淡的旅愁的话，竟触动姑娘生活中的隐痛，便觉得好像欺骗了她，不免有些内疚。于是他说：

"这样的话，下次我把家眷带来，便可无所顾忌地同你畅游了。"

"嗯，这我都明白。"姑娘声音沉静地说，脸上带着微笑，然后又多少拿出艺伎那种嘻嘻哈哈的口气说，"我也顶喜欢那样，淡泊一些倒能持久。"

"所以你得给我叫一个。"

"现在？"

"嗯。"

"这是怎么说的！大白天的，怎么开得了口！"

"别人挑剩的，可不要！"

“你怎么说这种话！要是你把这温泉村当成唯利是图的地方，那可就错了。看看村里的情形，你难道还不明白？”她好像挺惊讶，竟一本正经地再三强调本地没有那种女人。岛村不信，她越发顶真起来。但是也退让了几步，说不管怎么着，反正得由艺伎自己做主。艺伎倘若不告诉东家，擅自在外面留宿，出了事自己担责任，东家一概不管；要是事先关照过的，就由东家负责，承担一切后果。据她说，其中还有这样一点差别。

“你说的责任是指的什么？”

“譬方说，有了孩子啦，或是得了什么病啦的。”

岛村对自己问这种傻话，不由得苦笑了一下，心想，在这个山村里，说不定真有这种大方的做法。

岛村终日无所事事，想寻求一种保护色的心思，也是人情之常，所以旅途中对各处的人情风俗，有种本能的敏感。从山上一下来，在村子古朴的气象中，他立刻感受到一种闲适的情致。向旅馆一打听，果然是这一带雪国中生活最安逸的村落之一。前几年，火车还不通，据说这儿主要是农家温泉疗养地。有艺伎的人家，多是饭馆或卖红豆汤的小吃店，门上挂着褪了色的布帘，只消看一眼那熏黑的旧式纸拉门，不由人不怀疑，这种地方居然还有人光顾；而那些卖日用品的杂货铺或糖果店，也都雇上一名艺伎。掌柜的除了开店，似乎还得种田。大概因为是师傅家的姑娘吧，即或没有执照，偶尔去宴会上帮着应酬，也不会有哪个艺伎说什么闲话。

“那么，究竟有多少人呢？”

“艺伎吗？有十二三个吧？”

“哪一个好些呢？”岛村说着便站起来去按铃。

“我要回去了。”

“你回去怎么行？”

“我不乐意嘛。”她像是要摆脱屈辱似的说，“我回去了。你放心，我不会介意的。还会来的。”

但是一看到女佣,她又若无其事地坐了下来。女佣问她几次,叫谁好，她始终没点出一个名字来。

过了一会儿，来了一个十七八岁的艺伎，一见之下，岛村刚下山时那种对异性的渴念，顿时化为乌有。黑黑的手臂，瘦骨嶙峋的，不过人好像未经世故，显得很老实。岛村脸上尽力不露出扫兴的神色，一直朝艺伎那边看，其实是一味在眺望艺伎身后窗外那片新绿的群山。他连话也懒得说了。这真是十足的乡下艺伎。姑娘见岛村闷声不响，似很知趣，默默地起身走了。这一来，场面更加尴尬。约莫过了一小时光景，岛村寻思如何打发艺伎回去，忽然想起收到一笔电汇，借口要赶时间上邮局，便同艺伎走出房间。

然而，一出旅馆大门,抬头望见新叶馥郁的后山,像禁不住诱惑似的，拼命向山上爬去。

也不知道有什么好笑的，竟忍不住一个人笑个不止。

直到觉得累了，才一转身，撩起单和服的后摆，一口气跑下山来。这时，脚下飞起一对黄蝴蝶。

蝴蝶相戏相舞，一会儿便飞得比县境上的山还高，黄黄的颜色，渐渐变白，越飞越远。

“怎么啦？”姑娘站在杉树荫下。“笑得真开心呀。”

“算了。”岛村平白无故又想笑。“我不找了。”

“是吗？”

姑娘蓦地转过身，缓缓地走进杉林里。岛村默默地跟在后面。

那里有个神社。长着绿苔的石狮子旁，有块平坦的大石头，姑娘在上面坐了下来。

“这儿最凉快。哪怕是大热天，也有凉风吹来。”

“这里的艺伎全是那副德行吗？”

“差不多吧。年纪大些的倒有标致的。”姑娘低头淡淡地说，颈项间仿佛映上一抹杉林的暗绿。

岛村抬头望着杉树梢。

“这回好了，体力好像一下子全跑了。真怪。”

杉树长得很高，非要把手放在背后，撑在石头上，仰起上半身才能看到树梢。一株株的杉树，排成一行行的，树叶阴森，遮蔽天空，周围渺无声息。岛村背靠的那棵树干，是棵老树，也不知怎的，朝北的一侧，枝丫从下面一直枯到树顶，光秃秃的，宛如倒栽在树干上的尖木桩，像是一件凶神恶煞的武器。

“是我弄错了。从山上下来，头一个见到的就是你，糊里糊涂，以为这儿的艺伎全很漂亮。”岛村笑着说。这时他才发现，在山上待了七天，养精蓄锐，之所以想把过剩的精力一下子消耗掉，实在是因为他先就遇见了这个洁净的姑娘。

她凝目远望，河流在夕阳下波光粼粼。她有些发窘。

“噢，我差点忘了。想抽烟了吧？”姑娘尽量装出轻松的样子说，“方才我回房间一看，你不在。正纳闷，不知怎么回事。忽然从窗子里看见你一个人在拼命爬山，那样子真好笑。见你忘了带烟，顺便给你捎了来。”

说着，从袖子里掏出他的香烟，点上火。

“对那孩子，真过意不去。”

“那有什么，多咱打发回去，还不是随客人的便。”

河里多石，水声听来圆润而甜美。从杉林的树隙望去，可以看见对面的山，襞皱幽阴。

“除非找个跟你不相上下的，否则以后见到你，心里会感到缺憾的，是不是？”

“那谁知道！你这人可真难缠。”她愠怒地刺了岛村一句。然而，两人之间感情的交流，和没有叫艺伎之前，已全然不同。

岛村心里明白，自己要的，原本就是她，只不过方才照例在兜圈子罢了。对自己感到厌恶之余，看着她却觉得格外俏丽。自从她在杉树荫下喊住他之后，她人陡然间好像变得超尘脱俗起来。

笔挺的小鼻子虽然单薄一些，但下面纤巧而抿紧的双唇，如同水蛭美丽的轮环，伸缩自如，柔滑细腻。沉默时，仿佛依然在翕动。按理，起了皱纹或颜色变难看时，本该会显得不洁净，而她这两片樱唇却润泽发亮。眼角既不吊起也不垂下,眼睛仿佛是故意描平的,看上去有点可笑，但是两道浓眉弯弯，覆在上面恰到好处。颧骨微耸的圆脸，轮廓固然平常,但是白里透红的皮肤,宛如白瓷上了浅红。头颈不粗，与其说她艳丽，还不如说她长得洁净。

就一个陪过酒侍过宴的女人来说，只是稍稍有点鸡胸。

“你瞧，不知什么工夫飞了这么多蚋来。”她掸了掸衣服下摆站了起来。

在这片静寂之中，一味这么待着，两个人就只会百无聊赖，意兴阑珊。

那天晚上，大概十点钟光景，姑娘在走廊上大声喊岛村的名字，咕咚一声闯进他房里，一下子扑在桌上，醉醺醺地乱抓上面的东西，然后就咕嘟咕嘟净喝水。

说是去年冬天在滑雪场上认识的几个男人，傍晚翻山而来，正好遇上了。于是邀她顺路来旅馆玩玩，并叫了艺伎，胡闹一通，给他们灌醉了。

她晕头晕脑，语无伦次地乱说一气。

“这样不好，我去去就来。他们还以为我怎么的了，准在找我。待会儿再来。”说着踉踉跄跄走了出去。

大约又过了一个钟头，长长的走廊上响起零乱的脚步声，似乎一路跌跌撞撞走了过来。

“岛村先生！岛村先生！”尖着嗓子在喊，“啊，我看不见，岛村先生！”

毫无疑问，这是女人一颗赤诚的心在呼唤心上人。岛村感到很意外。但是，声音那么尖，怕会惊醒整个旅馆，所以困惑地站了起来。姑娘手指戳破纸门，抓住门上木框，一下子扑倒在岛村怀里。

“啊，你在这儿！”

她缠着岛村坐下来，靠在他身上。

“我没醉。嗯，我哪儿醉了？好难受，只觉得不好受。可我人还清醒着呐。哦，想喝水。真不该喝掺了威士忌的酒，喝了会上头。我头痛。他们买的是便宜货，我一点不知道。”说着不住用手心搓脸。

外面的雨骤然下大了。

稍一松手，她便软瘫在那里。岛村搂着她的脖子，脸颊差点压坏她的云髻。手伸进她的前胸。

对他的要求，她没有搭理，只是抱住胳膊，像门闩似的挡在上面。

因为酒醉力怯，胳膊使不上劲。

“怎么回事？这劳什子！妈的，妈的！我一点劲儿也没有，这劳什子！”说着一口咬住自己的胳膊。

他一惊，连忙扳开，胳膊上已经留下很深的牙印。

然而，她已听任摆布。在他手上乱画，说是把她喜欢的人的名字写给他看。写了二三十个演员和明星的名字，接着又写了不计其数的岛村。

岛村掌心里那圆鼓鼓的东西，越来越热了。

“啊，放心了,这回放心了。”他温和地说,甚至有种类似母性的感觉。

姑娘突然又难受起来，挣扎着站起来，匍匐在房间对面的角落里。

“不行，不行。我要回去，回去。”

“怎么能走呢？下大雨呢。”

“光脚回去，爬着回去。”

“那多危险。要回去，我送你。”

旅馆坐落在山岗上，有一段陡坡。

“把腰带松一松，或是躺一会儿，先醒醒酒好吗？”

“那不行。这样就很好。已经惯了。”她猛地坐直身子，挺着胸，反而更憋得慌。打开窗子想吐，却又吐不出。很想扭动身子翻来滚去，但又咬牙忍住了。这样过了好半天,不时地打起精神,一迭连声嚷着“回去，回去”的。不知不觉竟过了凌晨两点。

“你睡吧！嗳，你去睡嘛！”

“那你呢？”

“就这么着。等酒醒一醒就回去。趁天不亮赶回去。”她跪着蹭过去，拉住岛村。

“别管我，睡你的吧。”

岛村躺进被窝，她趴到桌子上去喝水。

“起来，嗳，我要你起来嘛！”

“你到底要我怎么着？”

“还是睡你的吧。”

“看你还说什么！”说着，岛村站起来。

把她拖了过去。

先是别转脸躲来躲去，不久，猛然把嘴凑了上来。

但接着，像梦呓般倾诉着痛苦：

“不行，不行。你不是说过，我们要做个朋友吗？”这句话翻来覆去，也不知说了几遍。

岛村被她真挚的声音打动了，看她蹙额皱眉，拼命压抑自己的那股倔劲儿，不由得意兴索然，竟至心想，要不要信守对她的许诺。

“我已经没什么值得可惜的了，我绝不是舍不得。可我，不是那种人，我不是那种女人呀！这样之后，就长不了，不是你自己说的吗？”

她已醉得神志不清了。

“不能怨我，是你不好。你输了。是你软弱，可不是我。”她顺口这么说着，为了克制涌上来的那阵喜悦，咬住了袖子。

她像失了神似的，安静了片刻。忽然又像想起了什么，尖刻地说：

“你在笑！你笑我呐，是不？”

“我没笑。”

“你心里在笑，对吧？这会儿不笑，过后也准会笑。”说着便伏下身子啜泣起来。

但立刻又停住不哭了。好像要把自己整个儿都交给他似的，温柔得如同小鸟依人，款款地谈起自己的身世来。酒醉之后的痛苦，似乎忘在脑后，已经过去。方才的事，一句也没提起。

“哎哟，只顾说话，把什么都忘了。”她羞涩地微笑着。

她说天亮之前非赶回去不可。

“天还很暗。这一带人家都起得很早。”她几次起来开窗探望，“连个人影都没有。今早下雨，谁都不会下田。”

阴雨中，对面的群山和山脚下的屋顶已经浮现出来，她依然恋恋不肯离去。直到旅馆里的人快起来之前，才赶紧拢好头发。岛村想送她到门口，她怕人看见，一个人匆匆忙忙逃也似的溜了出去。岛村当天便回东京去了。

“你上一次虽然那么说，毕竟不是由衷之言。要不然，谁会在年底跑到这冰天雪地里来。再说，事后我也没笑你。”

她蓦地抬起头，从眼皮到鼻子两侧，岛村手掌压过的地方，泛起红晕，透过厚厚的脂粉仍能看得出来。使人联想起雪国之夜的严寒，但是那一头美发鬒黑可鉴，让人感到一丝温暖。

她脸上笑容粲然，也许是想起“上一次”的情景，仿佛岛村的话感染了她，连身体也慢慢地红了起来。她恼怒地垂下头去，后衣领敞了开来。可以看到泛红的脊背，好像娇艳温润的身子整个裸露了出来。或许是衬着发色，使人格外有这种感觉。前额上的头发不怎么细密，但发丝却跟男人的一样粗，没有一丝儿茸毛，如同黑亮的矿物，发出凝重的光彩。

方才岛村生平头一次摸到那么冰冷的头发，暗暗有点吃惊，显然不是出于寒冷，而是她头发生来就如此。岛村不觉重新打量她，见她的手搁在暖笼上，在屈指数数，数个没完。

“你在算什么呢？”岛村问。她仍是一声不响，搬弄手指数了半天。

“那天是五月二十三吧？”

“哦，你在算日子呀。七月、八月连着两个大月呢。”

“嗳，是第一百九十九天。正好是第一百九十九天哩。”

“倒难为你还能记住是五月二十三那天。”

“一看日记就知道了。”

“日记？你记日记吗？”

“嗯，看看从前的日记，不失为一种乐趣。什么也不隐瞒，照实写下来，有时看了连自己都会脸红。”

“从什么时候开始记的？”

“去东京陪酒前没多久。那时候手头很紧，买不起日记本，只好在二三分钱一本的杂记本上，自己用尺子画上线。大概铅笔削得很尖的缘故，线条画得很整齐。每一页从上到下，密密麻麻写满了小字。等以后自己买得起本子便不行了，用起来很不当心。练字也是，从前是在旧报纸上写，这一向竟直接在卷纸上写了。”

“你记日记没有间断过吗？”

“嗯，数十六岁那年和今年的日记最有趣。平时是从饭局回来，换上睡衣才写。到家不是已经很晚了嘛，有时写到半截竟睡着了。有些地方现在还能认得出来。”

“是吗？”

“不过，不是天天都记，也有不记的日子。住在这种山村里，应酬饭局还不照例是那一套。今年只买到那种每页上印着年月日的本子，真是失算。有时一写起来就挺长。”

比记日记更让岛村感到意外的，是从十五六岁起，凡是读过的小说，她都一一做了笔记，据说已经记了有十本之多。

“是写读后感吗？”

“读后感我可写不来。不过是把书名、作者、出场人物的名字，以及人物之间的关系记下来罢了。”

“记了又有什么用呢？”

“是没有什么用。”

“徒劳而已。”

“可不是。”她毫不介意，爽脆地答道。同时却目不转睛地盯着岛村。

不知为什么，岛村还想大声再说一遍“徒劳而已”，忽然之间，身心一片沉静，仿佛听得见寂寂雪声，这是受了姑娘的感染。岛村明知她这么记绝非徒劳，但却偏要兜头给她来上一句，结果反倒使自己觉得姑娘的存在是那么单纯真朴。

她所说的小说，似乎和通常的文学渺不相涉。同村里人的交往也无所谓友情，无非彼此间借阅妇女杂志之类，然后各看各的。漫无选择，也不求甚解，在旅馆的客厅里只要见到有什么小说或杂志，便借去阅读。即便如此，新作家中，她想得起的名字，有不少连岛村都不知道。她的口气，宛如在谈论远哉遥遥的外国文学，就跟毫无贪欲的乞丐在诉苦一般，听上去可怜巴巴的。岛村心想，自己凭借外片和文字，幻想遥远的西洋舞蹈，情形恐怕也与此差可仿佛。

对于不曾看过的电影和戏剧，她也会高高兴兴地谈论一番。也许是几个月来，一直渴望有这么一个可以与之交谈的人。她大概忘了，那一次，在一百九十九天之前，也曾热衷于谈论这些，结果竟成为她委身岛村的机缘。此刻，她又纵情于自己所描述的一切，简直连身子都发热了。

然而，她向往都会之情，如今也已冷如死灰，成为一场天真的幻梦。她这种单纯的徒劳之感，比起都市里落魄者的傲岸不平，来得更为强烈。纵然她没有流露出寂寞的神情，但在岛村眼中，却发现有种异样的哀愁。倘若是岛村沉溺于这种思绪里，恐怕会陷入深深的感伤中去，竟至于连自己的生存也要看成是徒劳的了。可是，眼前这个姑娘为山川秀气所钟，竟是面色红润，生气勃勃。

总之，岛村对她有了新的认识。但在她当了艺伎的今天，却反而难于启齿了。

那一次，她在泥醉之中对自己软瘫无力的手臂，恨得牙痒痒的。

“怎么回事？这劳什子！妈的，妈的。我一点劲儿也没有，这劳什子！”说着便一口咬住自己的胳膊。

因为站不住，倒在席子上滚来滚去。

“我绝不是舍不得。可我，不是那种人，我不是那种女人呀！”岛村想起她这句话，正在游移之间，她也猛然惊觉。正巧这时传来一阵火车汽笛声。

“是零点北上的火车。”她顶撞似的说了一句便站起来，稀里哗啦地拉开纸窗和玻璃窗，凭栏坐到窗台上。

寒气顿时灌进屋内。火车声渐渐远去，听上去如呼呼的夜风。

“喂，不冷吗？傻瓜！”岛村站起来过去一看，没有一丝风。

那是一派严寒的夜景，冰封雪冻，簌簌如有声，仿佛来自地底。没有月亮。抬头望去，繁星多得出奇，灿然悬在天际，好似正以一种不着痕迹的快速纷纷地坠落。群星渐渐逼近,天空愈显悠远,夜色也更见深沉。县境上的山峦已分不出层次，只是黑黝黝的一片，沉沉地低垂在星空下。清寒而静寂，一切都十分和谐。

感知岛村走近身旁，姑娘把胸脯伏在栏杆上。那姿势没有一些儿软弱的表示，衬在这样的夜空下，显出无比的坚强。岛村心想，又来了。

尽管山色如墨，不知怎的，却分明映出莹白的雪色。这不免令人感到远山寂寂，一片空灵。天容与山色之间有些不大调和。

岛村扳着姑娘的喉咙说：

“会着凉的，这么冷！”使劲往后拉她。她攀住栏杆，哑着嗓子说：

“我回去了。”

“你走吧。”

“让我再这样待一会儿吧。”

“那我洗澡去。”

“不嘛，你也留在这儿。”

“把窗关上。”

“再开一会儿。”

村子半隐在神社的杉林后面。乘汽车不到十分钟便可到火车站，严寒中，站上的灯光明灭，瑟瑟有声，仿佛要裂开似的。

姑娘的脸颊，窗上的玻璃，自身棉服的衣袖，所有触摸到的东西，岛村头一回觉得竟是这样的冷。

就连脚下的席子也砭人肌骨。他想独自去洗澡，姑娘说：

“等等，我也去。”乖乖地跟着来了。

她正把岛村脱下的衣服收进篮子的时候，一个投宿的男客走了进来。看见姑娘畏缩地把脸藏在岛村胸前，便说：

“啊，对不起。”

“不客气，请便吧。我们到那边去。”岛村急口说着，光身抱起衣篮走到隔壁的女浴池。当然，姑娘装作夫妇模样跟了过来。岛村一声不响，头也不回，径自跳进温泉。感到宾至如归，直想放声大笑，便把嘴巴对着龙头，使劲漱口。

回到房间，姑娘从枕上轻轻抬起头，用小手指将鬓发往上拢了拢。

“真伤心。”只说了这么一句便不作声了。

岛村以为她还半睁着漆黑的眸子，凑近一看，原来是睫毛。

这个神经质的女人，竟然一夜没合眼。

硬绷绷的腰带窸窣作响，大概把岛村吵醒了。

“真糟糕，这么早就把你吵醒。天还没亮呐，嗳，你看看我好不好？”姑娘熄灭电灯。

“看得见我的脸吗？看不见？”

“看不见。天不是还没亮吗？”

“瞎说。你非好好看看不可。看得见不？”说着又敞开窗户。“不行，看见了是不是？我该走了。”

晓寒凛冽，令岛村惊讶。从枕上抬头向外望去，天空还是一片夜色，但山上已是晨光熹微。

“对了，不要紧。现在正是农闲，没人会这么一大早出门的。不过，会不会有人上山来呢？”她自言自语，拖着没系好的腰带走来走去。

“方才五点钟那班南下的火车，好像没有客人下来。等旅馆的人起来，还早着呢。”

系好腰带之后，仍是一会儿站一会儿坐，不住地望着窗外，在房里踝蹬。她像一头害怕清晨的夜行动物，焦灼地转来转去，没个安静。野性中带着妖艳，愈来愈亢奋。

不久，房间里也亮了起来，姑娘红润的脸颊也更见分明。红得那么艳丽，简直惊人，岛村都看得出神了。

“脸蛋那么红，冻的吧？”

“不是冻的。是洗掉了脂粉。我一进被窝，连脚趾都会发热。”说着便对着枕边的梳妆台照了照。“天到底亮了，我该回去了。”

岛村朝她那边望了一眼，倏地缩起脖子。镜里闪烁的白光是雪色，雪色上反映出姑娘绯红的面颊。真有一种说不出的洁净，说不出的美。

也许是旭日将升的缘故，镜中的白雪寒光激射，渐渐染上绯红。姑娘映在雪色上的头发，也随之黑中带紫，鲜明透亮。

也许是怕雪积起来，让浴池里溢出的热水，顺着临时挖成的水沟，绕着旅馆的墙脚流，可是在大门口那儿，竟汇成一片浅浅的泉水滩。一条健壮的黑毛秋田犬，站在踏脚石上舔了半天泉水。供旅客用的滑雪用具，好像是刚从仓库里搬出来，靠墙晾了一排。温泉的蒸气冲淡了那上面的霉味。雪块从杉树枝上落到公共澡堂的屋顶，一见热也立即融化变形。

不久，从年底到正月这段日子，那条路就会给暴风雪埋住了。到那时，去饭局应酬，非得穿着雪裤，套着长筒胶鞋，裹在斗篷里，再包上头巾不可。那时的雪，有一丈来深。黎明前，姑娘倚窗俯视旅馆下面这条坡道时，曾经这么说过。此刻岛村正从这条路往下走。从路旁晾得高高的尿布底下，望得见县境上的群山。山雪悠悠，闪着清辉。碧绿的葱还没有被雪埋上。

村童正在田间滑雪。

一进村，檐头滴水的声音，轻轻可闻。

檐下的小冰柱，晶莹可爱。

一个从澡堂回来的女人，仰头望着屋顶上扫雪的男人说：

“劳驾，顺便帮我们也扫一下吧，行吗？”似乎有些晃眼，拿湿手巾擦着额角。她大概是趁滑雪季节，及早赶来当女招待的吧？隔壁就是一家咖啡馆，玻璃窗上的彩色画已经陈旧，屋顶也倾斜下来。

一般人家的屋顶大抵铺着木板条，上面放着一排排石头。这些圆石，只有晒到太阳的一面才在雪中露出黝黑的表皮。色黑似炭，倒不是因为潮湿，而是久经风雪吹打的缘故。并且，家家户户的房屋，给人的印象也类似那些石头。一排排矮屋，紧贴着地面，全然一派北国风光。

孩子们从沟里捧起冰块，往路上摔着玩。想是那脆裂飞溅时的寒光，使他们觉得有趣。岛村站在阳光下，看到冰块有那么厚，简直不大相信，竟至看了好一会儿。

一个十三四岁的女孩，独自靠着石墙织毛线。雪裤下穿双高底木屐，没穿袜子。两只光脚冻得发红，脚板上出了皲裂。身旁的柴垛上，坐个三岁上下的小女孩，乖乖地拿着毛线团。大女孩从小女孩手中抽出来的那根灰色旧毛线，也发出温煦的光泽。

隔着七八家，前面是家滑雪用品厂，从那里传来刨子的声音。工厂对过的屋檐下，站着五六个艺伎，正在闲聊。早晨岛村刚从女侍那里打听到，姑娘的花名叫驹子，心想那儿准有她。果然，她似乎也看见岛村走过来，脸上摆出一本正经的样子。“她准保会脸红。但愿能装得像没事儿人似的才好。”不等岛村这么想，驹子已经连脖子都红了。她本可以回过脸去，结果竟窘得垂下眼睛，但是目光却又追随着岛村的脚步，脸一点一点地朝他转过去。

岛村的脸上也有些火辣辣的，赶紧从她们的面前走过去。这时驹子随即追了上来。

“你真叫我窘死了，居然打这儿过！”

“要说窘，我才窘呢。你们全班人马排开那种阵势，吓得我都不敢过来。你们常这样吗？”

“差不多，下午常这样。”

“一会儿脸红，一会儿又吧嗒吧嗒追上来，岂不是更窘吗？”

“管它呢。”说得很干脆，脸却立刻又绯红了。站在那里，攀着路旁的柿子树。

“我是想请你顺便到我家坐坐才跑过来的。”

“你家就住这儿？”

“嗯。”

“要是给我看日记，我就去。”

“那是我死前要烧掉的东西。”

“不过，你那儿有病人吧？”

“哟，你倒知道得挺清楚。”

“昨晚你不是也去车站接人了吗？披了一件深蓝色的斗篷。在火车上，我就坐在病人的近旁。有个姑娘陪着他，既体贴，又殷勤。是他太太吧？是从这里去接他的，还是由东京来的？简直就像母亲似的，我看着很感动。”

“这事儿，你昨晚上怎么不告诉我？为什么那时不说？”驹子嗔怪地问。

“是他太太吗？”

驹子没理他，却说：

“为什么昨晚不说？你这人真怪。”

岛村不喜欢她这种泼辣劲儿。但是，她之所以这么激切，无论对岛村和驹子本人来说，都是没来由的。或许可看成是她性格的流露。总之，在她一再盘问之下，岛村倒觉得好像给抓住了弱点似的。今早，从映着山雪的镜中看到驹子时，岛村当然也曾想起，黄昏时照在火车窗玻璃上的那个姑娘。那时他为什么没把这事告诉驹子呢？

“有病人也不要紧。我房里没人来。”说着，驹子走进低矮的石墙里。

右面是白雪覆盖的菜地，左面在邻家的墙下，栽了一排柿子树。房前好像是花圃，中间有个小小的荷花池。里面的冰块已经捞到池边，池中游着金鲤。如同柿子树的枝干一样，房屋也有些年头了。积雪斑驳的房顶上，木板已经朽烂，檐头也倾斜不平。

一进门，阴森森的，什么都没看清，便给带上了梯子。真是名副其实的梯子。上面的屋子也是名副其实的顶楼。

“这本来是间蚕房。你奇怪了吧？”

“这种梯子，喝醉酒回来，不摔下来真难为你。”

“怎么不摔。不过，那时我就钻进下面的暖笼里，多半就那样睡着了。”驹子把手伸进暖笼摸了摸，站起来取火去了。

岛村环视一下这间古怪的屋子。南面只有一扇透亮的矮窗，纸拉窗的细木格上新糊了纸，阳光照在上面很亮堂。墙上也整整齐齐糊着毛边纸。使人有种置身于纸盒的感觉。屋顶上没有顶棚，向窗户那头倾斜下去，仿佛笼罩一层幽暗寂寞的气氛。不知墙的那边是什么样子，想到这里,便觉得这间屋仿佛悬在半空,有点不牢靠似的。墙壁和席子虽然陈旧，却十分干净。

岛村想象驹子像蚕一样，以她透明之躯，住在这儿的情景。

暖笼上盖着同雪裤一样的条纹布棉被。衣柜大概是驹子住在东京时的纪念品，尽管很旧，却是用木纹很漂亮的桐木做的。但梳妆台是件蹩脚货，同衣柜不大相称。朱漆针线盒依旧富丽堂皇。墙上钉着几层木板，大约是做书架用的，上面挂着纯毛的帘子。

昨晚陪酒穿的那身衣服也挂在墙上，衬衣的红里子露在外面。

驹子擎着火铲，轻巧地爬上梯子说：

“是从病人房里取来的，不过听人说火是干净的。”说着俯下新梳的发髻，一边拨弄火盆里的灰，一边谈起病人患的是肠结核，回到家乡来等死的。

说是家乡，其实少爷并不生在这里。这儿是他母亲的故里。母亲原在一个港口小镇当艺伎，后来便成了教日本舞的师傅，在那里住了下来。可是人还没到五十，便得了中风，这才回温泉村来养病。少爷从小喜欢摆弄机器，进钟表店学手艺，一个人留在镇上。不久又去了东京，好像是上夜校读书。大概是积劳成疾，今年才二十六岁。

驹子一口气说了这些，但是陪少爷回来的姑娘是什么人，驹子为什么住在这户人家里，仍然一句也没提到。

然而，在这间宛如悬空的屋子里，哪怕是这么几句话，驹子的声音似乎也能向四面八方传开去，所以岛村心里怎么也踏实不下来。

刚要跨出门口，看见有个发白的东西，回头一看，原来是只桐木做的三味线琴盒。好像比实物更大更长。他简直没法相信，驹子会带着这个去应酬饭局。这时有人拉开熏黑了的拉门。

“驹姐，从这上面跨过去行吗？”

声音清澈悠扬，美得几近悲凉，仿佛不知从哪儿会传来回声似的。

岛村记得这声音，那是叶子在夜车上探身窗外，向雪地里招呼站长的声音。

“不碍事的。”驹子刚说完，叶子穿着雪裤，轻盈地迈过三味线。手上提着一只玻璃夜壶。

从昨晚同站长说话那熟稔的口气，以及身上穿的雪裤来看，叶子显然是本地姑娘。华丽的腰带从雪裤上露出一半，把雪裤上黄黑相间的粗条纹，衬托得格外鲜明。同样，毛料和服的长袖，也显得十分艳丽。雪裤腿在膝盖上方开了叉，鼓鼓囊囊的，不过，棉布的质地坚实挺括，看着挺顺眼。

叶子朝岛村尖利地睃了一眼，一声不响地走过一进门的泥地。

岛村出了大门，仍觉得叶子的目光在他眼前灼烁。那眼神冷冰冰的，如同远处的一星灯火。或许是因为岛村想起了昨夜的印象。昨晚，他望着叶子映在车窗上的面庞，山野的灯火正从她面庞上闪过，灯火和她的眸子重叠，朦胧闪烁，岛村觉得真是美不可言，心灵为之震颤不已。想着这些，又忆起在镜中，驹子浮现在一片白雪之上的那绯红的面颊。

岛村越走越快。尽管他的脚又肥又白，因为喜欢登山，一面看着景致一面走路，竟至悠然神往，不知不觉中加快了脚步。他往往会突然陷入爽然若失的境界，所以，无论是那暮景中的玻璃，抑或是晨雪中的镜子，他绝不相信是出于人工的。那是自然的默示，是遥远的世界。

甚至驹子那房间，他刚刚离开，仿佛也属于遥远的世界似的。这些想法，连他自己都感到惊愕。上了山坡，走来一个按摩的盲女。岛村好像得救似的问：

“按摩的，能给我按摩一下吗？”

“哦，不知道几点钟了？”说着，把竹杖挟在腋下，右手从腰带里掏出一只有盖的怀表，左手的指尖摸着表盘说：

“已经过了两点三十五分了。三点半钟得上车站去一趟，不过迟一些也不打紧。”

“难为你倒能知道表上的时间。”

“是啊，我把表面上的玻璃拿掉了。”

“用手摸一下就能知道表上的字吗？”

“字我倒不知道。”说着，把那块女人用嫌大了的银表又掏出来，揭开表盖，用手指按着给岛村看，说：“这是十二点，那是六点，当中是三点。”

“然后再推算出时间，虽然不能一分不差，但也错不了两分。”

“哦，是这样。走山路不会失脚滑下去吗？”

“要是下雨，女儿会来接我。晚上就给村里人按摩，不上这儿来了。旅馆里的女侍却打趣说，我老伴不放我出来，真没治。”

“孩子大了吗？”

“是的，大女儿已经十三了。”这样说着话，便进了房间。她一声不响地按摩了一会儿，侧起头倾听远处酒席上传来的三味线琴声。

“这是谁在弹呢？”

“凭琴声，你能分辨出是哪个艺伎弹的吗？”

“有的听得出，也有听不出的。先生。您的境遇相当不错呢，身子骨这么软。”

“还没发硬吧？”

“脖子上的筋肉有点硬。胖得还适度。您不喝酒吧？”

“你居然能猜到。”

“我认识的客人中，有三位体形刚好同您差不多。”

“这种体形太平常了。”

“说真的，要是不喝酒，还真没什么乐趣。喝酒，能叫人把什么都给忘掉。”

“你丈夫喝酒吧？”

“喝得简直拿他没办法。”

“谁弹的三味线，这么蹩脚？”

“可不是呢。”

“你也会弹吧？”

“嗯。从九岁起学到二十岁。成了家以后，有十五年没弹了。”

岛村心里想，瞎子看上去显得比实际年纪轻。

“小时学的，扎实呀。”

“现在手已经只能按摩了，耳朵倒没事，还可以听听。这样听她们弹，有时心里不免有些着急。唉，觉得就跟自己当年似的。”接着又侧耳听了一下说，“可能是井筒家的阿文姑娘。弹得最好的和最差的，最容易听得出来。”

“有弹得好的吗？”

“有个叫阿驹的姑娘，年纪不大，近来弹得很见功夫。”

“唔。”

“先生您认识她吧？要说好嘛，不过是在咱这山村里说说罢了。”

“不，我不认识。不过，昨晚上师傅的儿子回来，我们倒是同一趟车。”

“咦，是病好了回来的？”

“看样子不大好。”

“是吗？少爷在东京病了很久，今年夏天驹子姑娘就只好去当艺伎，听说一直汇钱给医院。也不知究竟是怎么回事。”

“你是说那个驹子吗？”

“话又说回来，固然是订了婚，也该尽力而为，但这日久天长，可就……”

“你说他们订了婚，真有这回事吗？”

“嗯，听说订了婚。我不大清楚，别人都这么说。”

在温泉旅馆，听按摩女谈艺伎的身世，原是司空见惯的事，不料反使人感到意外。驹子为了未婚夫去当艺伎，本来也是极平常的故事，可是，按岛村的心思，却实在难以索解。那也许是同他的道德观念发生抵触的缘故。

他很想再深究一下，可是按摩的竟不再开口了。

即便说，驹子是少爷的未婚妻，叶子是他的新情人，那少爷又将不久于人世的话……这一切在岛村的脑海里，不能不浮现出“徒劳”二字。驹子尽她未婚妻的责任也罢，卖身让未婚夫养病也罢，凡此种种，到头来不是徒劳又是什么呢？

岛村还想，等见到驹子非兜头再给她一句不可，告诉她这“纯属徒劳”。不过，也不知怎的，由此反而更感到驹子的为人，依然还保持她单纯真率的本色。

这种种假象弄得她麻木不仁，难保不使她走上不顾羞耻的地步。岛村凝神吟味着，按摩女走了之后，他仍然躺在那里，直到从心底里感到一阵寒意，才发现窗户一直敞着。

山谷里天暗得早，已经日暮生寒。薄明幽暗之中，夕阳的余晖映照着山头的积雪，远山的距离仿佛也忽地近多了。

不久，随着山的远近高低不同，一道道皱襞的阴影也愈加浓黑。等到只有峰峦上留下一抹淡淡的残照时，峰巅的积雪之上，已是漫天的晚霞了。

村里的河岸上，滑雪场，神社里，到处是一棵棵杉树，憧憧黑影越发分明。

正当岛村陷入空虚和苦闷之中，驹子宛如带着温暖和光明，走了进来。

说是旅馆里在开会，商量接待滑雪旅客的事。驹子是邀来在会后的酒席上陪酒的。一坐进暖笼，便拿手摸着岛村的脸颊说：

"今晚脸色好白，真怪。"

说着，捏着他柔软的脸颊，几乎要掐破似的。

"你真是个傻瓜。"

好像已经有点儿醉了。可是，等散席之后，一来便说：

"不管，再也不管了。头痛，好头痛。啊，好难受呀，难受！"一下子瘫在梳妆台前，顿时脸上醉意朦胧，甚至有些可笑的样子。

"我要喝水，给我水。"

两手捂着脸，也不怕弄坏发髻，径自躺了下去。一会儿，又坐了起来，用雪花膏擦掉脂粉，露出绯红的面颊。驹子自己也乐不可支地笑个不停。倒也出奇，酒反而很快就醒了。她好像挺冷的样子，肩膀直打战。

然后，口气很平和地说起，她因为神经衰弱，八月里整月都闲着，什么事也不做。

“我真担心自己会疯了。好像有什么事老也想不开。究竟有什么可想不开的，连自己都莫名其妙。你说多可怕。一点儿也睡不着，只有出去应酬的时候，人还精神些。我做过各式各样的梦。饭也吃不大下。老是拿根针，在席子上扎来扎去的，扎个没完。而且，是在那种大热天里。”

“你几月去当艺伎的？”

“六月。要不然，没准儿我这时已经到滨松去了呢。”

“去结婚？”

驹子点了点头。她说，滨松那个人一直缠着她，叫跟他结婚，可驹子压根儿不喜欢他，始终拿不定主意。

“既然不喜欢，还有什么好踌躇的？”

“哪那么简单。”

“对结婚就那么起劲？”

“你讨厌！事情当然不是这样，不过，我要是有什么事没了，心里就踏实不下来。”

“嗯。”

“你这人，说话太随便。”

“你同滨松那个人之间，是不是已经有点什么？”

“要是有，何至于这么拿不定主意。”驹子说得很干脆，“不过，他说过，只要我待在这里，他就决不让我同别人结婚，要变着法儿从中作梗。”

“他在滨松那么远，你何苦担这份心。”

驹子沉默半晌，好像身上暖洋洋的，挺惬意，躺在那里，一动不动，忽然，她若无其事地说：

“我还以为是怀了孕呢。嘻嘻，现在想起来真好笑，嘻嘻。”她抿着嘴笑，突然蜷起身子，像孩子似的，两手抓住岛村的衣领。

两道浓密的睫毛合在一起，看着就像是半开半闭的黑眸子。

翌日清晨，岛村醒来时，驹子已经一只胳膊支在火盆边上，在旧杂志上随意乱画。

“嗳，回不去了呢。方才女佣送火进来，真难为情。吓得我赶紧起来，太阳都已经照到纸门上来了。大概昨晚喝醉了，竟迷迷糊糊睡着了。”

“几点了？”

“都八点了。”

“洗澡去吧？”岛村说着也起来了。

“不去，走廊上会碰到人的。”

等岛村从浴池回来，驹子俨然是个温顺本分的女子，用手巾俏模俏样地包着头，正在勤快地打扫房间。

出于洁癖，她把桌子腿、火盆边，都擦了一遍。拨灰弄火也挺麻利。

岛村把脚伸进暖笼，躺在那儿抽烟。烟灰掉了，驹子用手帕轻轻拾掇起来，然后拿来一个烟灰缸。岛村爽朗地笑了起来。驹子也跟着笑了。

“你要是成了家，你丈夫准得成天挨骂。”

“我不是什么也没骂吗？平日就连要洗的脏东西都叠得整整齐齐的，人家常笑我。生就的脾气。”

“一般常说，只要看一看衣柜，就可以知道女人的脾性如何了。”

朝阳满屋，温暖宜人。驹子一面吃早饭，一面说：

“天气真好。能早些回去练琴多好。这种天气，连琴声都跟平日不同。”

说着，仰望一碧到底的蓝天。

远山的积雪如同乳白色的轻烟，笼罩在山巅。

岛村想起按摩女的话，便说她可以在这里练琴。驹子马上站起来，打电话叫家里把替换的衣服和三味线的曲本送来。

昨天去过的那种人家，居然会有电话？岛村想到这里，脑海里不禁又浮现出叶子那双眼睛。

“是那姑娘给你送来吗？”

“也许。”

“听说，你同那位少爷订了婚，是吗？”

“哟，你什么时候听说的？”

“昨天。”

“你这人真怪。听说就听说了呗，昨天怎么没说呢？”可是这次不像昨天白天，驹子只是爽朗地微笑着。

“除非瞧不起你，不然就说不出口。”

“言不由衷。东京人就会说谎，讨厌。”

“你看，我刚开口，你就打岔。”

“谁打岔了！那你真相信了吗？”

“真相信了。”

“又瞎说。你才没当真呢。”

“当然，也确实有点疑惑。可是，人家说你为了未婚夫才去当艺伎的，好赚钱给他治病。”

“真讨厌，说的就跟新派文明戏似的。订婚什么的全是无稽之谈。大概有不少人都那样认为。其实我当艺伎何尝是为了别人？不过是尽尽人事罢了。”

“你净跟我打哑谜。”

“跟你明说吧，师傅未尝没这么想过：我和少爷若能成婚，倒也不错。尽管她心里这么想，嘴上可从来没提过。不过，师傅的心思，少爷也好，我也好，都隐隐约约猜到一些。可是，我们俩本人也并不怎么的，如此而已。”

“你们算得是青梅竹马喽。”

“就算吧。不过，我们可不是在一起长大的。我给卖到东京的时候，是他一个人送我上的车。我最早的日记里，一开头记的就是这件事。”

“要是你们两人都住在港口小镇上，说不定现在已经成家了。”

“我想不至于吧。”

“是吗？”

“少替别人操心吧。他反正不久于人世了。”

“那你在外头过夜总不大好。”

“你不该说这种话。我爱怎么的就怎么的，人都快死了，哪儿还管得着！”

岛村无言以对。

可是，驹子仍然只字不提叶子，这究竟是什么缘故呢？

再说叶子，即便在火车上，也像个小母亲似的，忘我地照料少爷，把他带了回来。现在，又要给这位也不知是他什么人的驹子，一清早就送替换的衣服来，她心里该作何感想呢？

岛村又像往常那样，冥思遐想起来。

“驹姐，驹姐。”外面传来叶子的声音，虽然低沉，却清澈优美。

“嗳，让你受累了。”驹子起身走到隔壁三张席的小房间里。

“阿叶，你来啦。啊哟，全拿来了，多沉啊。”

叶子好像什么也没说便回去了。

驹子用手指把第三弦给挑断，换上新弦，定好音。仅这几下，岛村便已听出她琴艺的精湛纯熟。等她打开暖笼上鼓鼓的包袱一看，除了普通的练习曲谱之外，还有二十几本杵家弥七[1]的《文化三味线曲谱》。岛村颇为意外，拿起来问道：

“你就用这个练琴？”

“可不，这儿又没有师傅，有什么办法。”

“家里不是现成有师傅吗？”

“她中风了。”

“中风了，也可以口授嘛。”

“话也不能说了。左手虽然能动，舞蹈还可以指点一下，弹三味线却叫人听了心烦。”

“谱子看得懂吗？”

“都看得懂。”

“若是一般人倒也罢了，一个艺伎能在偏远的山村里，发愤苦练，乐谱店也准会高兴吧。”

1 杵家弥七(1890—1942)，日本长歌三味线演奏家，对三味线音乐的普及和现代化发展卓有贡献。杵家为江户时代至今，长歌三味线的演奏世家。

“陪酒时主要是舞蹈，而且，在东京学的，也是舞蹈。三味线只学了点皮毛。忘了也没人指点，只好靠曲谱了。”

“歌曲呢？”

“歌曲可不行。练舞蹈时记得的，还凑合，新曲子是听收音机，要么就是在什么地方听会的，至于好坏，就不知道了。闭门造车，准是怪腔怪调的。再说，在熟人面前，张不开口。若是生人，还敢放开声音唱唱。”说完，不免有些娇羞，然后，仿佛等人唱歌似的，端正姿势，盯着岛村。

岛村不觉为之一震。

他生长在东京的商业区，自幼受歌舞伎和日本舞的熏陶，有些长歌的词句还能记得，那也是听会的，自己并没特意去学。提起长歌，便立即联想起舞台上的演出，却无从想象艺伎在酒宴上是怎么唱的。

“真讨厌，你这个客人，顶叫人紧张了。”说完，轻轻咬着下唇，把三味线抱在膝上，宛如换了一个人似的，一本正经翻开曲谱。

“这是今年秋天照谱子练的。”

弹的是出《劝进帐》[1]。

蓦地，岛村感到一股凉意，从脸上一直凉到了丹田，好像要起鸡皮疙瘩似的。岛村那一片空灵的脑海里，顿时响彻了三味线的琴声。他不是给慑服，而是整个儿给击垮了。为一种虔诚的感情所打动，为一颗悔恨之心所涤荡。他瘫在那里，感到惬意，任凭驹子拨动的力，将他冲来荡去，载沉载浮。

一个年近二十的乡下艺伎，三味线的造诣本来不过尔尔，只在酒宴上弹弹罢了，现在听来，竟不亚于在舞台上的演出，岛村心里想，这无

1　歌舞伎十八番曲目之一，长呗三味线名曲。

非是自己山居生活的感伤罢了。这时，驹子故意照本宣科，说这儿太慢，太麻烦，便跳过一段。可是渐渐地，她简直着了魔似的，声音愈来愈高亢，那弹拨的弦音，不知要激越到什么程度，岛村不禁替她捏了把汗，故意做张做致地枕着胳膊一骨碌躺下了。

直到《劝进帐》一曲终了，岛村才松了口气。心想，唉，这个女人竟迷恋上我了，也真是可怜。

“这种天气，连琴声都跟平日不同。”驹子早晨仰望雪后的晴天，曾经这么说过。其实是空气不同。这里没有剧场的环堵，没有听众的嘈杂，更没有都会的尘嚣。琴声清冷，穿过洁无纤尘的冬日清晨，一直响彻在白雪覆盖的远山之间。

她虽然不自觉，但平时的习惯，一向以山峡这样的大自然为对象，孤独地练琴，自然而然练就一手铿锵有力的拨弦。她那份孤独，竟遏抑住内心的哀愁，孕育出一股野性的力。虽说有几分根基，然而，仅凭曲谱来练习复杂的曲子，并能不看谱子弹拨自如，非有顽强的意志、经年累月的努力不可。

驹子的这种生活作为，岛村认为是一种虚无的徒劳，同时也哀怜她做这种可望不可即的憧憬。但对驹子自己来说，那正是生存价值的所在，并且凛然洋溢在她的琴声里。

岛村的耳朵分辨不出她纤纤素手弹拨之灵巧，但能咂摸体会那音调中的感情色彩，所以倒正是驹子最相宜的知音。

弹到第三支曲子《都鸟》[1]时，也许是曲调本身柔婉缠绵，岛村的鸡皮疙瘩之感随之消失，只觉得一片温馨平和。他凝视着驹子的面庞，深

1　叙男女之情、咏隅田川春夏风物的长歌。

感一种体肤之间相亲相近的况味。

细巧挺直的鼻子虽然稍嫌单薄，面颊却鲜艳红嫩，仿佛在悄声低语：我在这儿呢。美丽而柔滑的朱唇，闭拢时润泽有光，而随着歌唱张开来时，又好像立即会合在一起，显得依依可人，跟她人一样妩媚。两道弯弯的眉毛下，眼梢不上不下，眼睛仿佛特意描成一直线，水灵灵亮晶晶的，带些稚气。不施脂粉的肌肤，经过都会生涯的陶冶，又加山川秀气之所钟，真好像剥去外皮的百合的球根或洋葱一样鲜美细嫩，甚至连脖子都是白里透红，看着十分净丽。

她端端正正坐在那里，俨然一副少女的风范，是平时所不见的。

最后，说是再弹一阕新近练的曲子《新曲浦岛》，便看着谱子弹了起来。弹完，将拨子挟在弦下，姿势也随即松弛下来。

陡然间，她神态间流露出一种娟媚感人的风情。

岛村不知说什么才好，驹子也不在乎他怎么评论，纯然一副快活的样子。

“别的艺伎弹三味线，光听声音，你能分辨出是谁弹的吗？”

“当然分得清啦，统共也不到二十个人。尤其弹情歌小调，最能显出各人的特性来。”

说着又捡起三味线，挪了挪弯着的那条右腿，把琴筒搁在腿肚上，跪坐在左腿上，身子倾向右侧。

“小时候是这么学的。”眼睛乜斜着琴柄说，“黑——发——的……”一边学孩子的口吻唱着，一边绷绷地拨着弦。

“你的启蒙曲子是《黑发》吗？”

“嗯——”驹子像孩子似的摇着脑袋。

从那以后，驹子留下来过夜，不再赶着天亮前回去了。

旅馆里有个三岁的小女孩，常在走廊里，老远就喊她“驹姑娘——”把尾音挑得老高。有时驹子把她抱到暖笼里，一心一意地逗她玩，将近中午的时候再领她去洗澡。

洗完澡，一边给她梳头，一边说：

“这孩子一看见艺伎，便挑高了尾音喊‘驹姑娘’。照片和画片上，凡是有梳日本发髻的，她都叫‘驹姑娘’。我喜欢小孩子，所以她跟我熟。小君，到驹姑娘家玩去，好吗？”说着站了起来，却又在廊子上的一把藤椅上悠闲自在地坐下来。

“东京人好性急。已经滑开雪了。”

这个房间居高临下，方向朝南，望得见侧面山脚下的那片滑雪场。

岛村坐在暖笼里，回头望去，山坡上的积雪斑驳不匀。五六个穿黑色滑雪装的人，一直在山下的田里滑来滑去。层层梯田，田埂还露出在雪地上，坡度也不大，看来也没多大意思。

“好像是些学生。今儿是星期天吗？那样滑有什么好玩的？”

“不过，姿势倒挺好。”驹子一人自言自语。“他们说，在滑雪场上，要是艺伎跟人打招呼，客人就会惊叫起来：‘噢，是你呀！’因为滑雪把脸都晒黑了，认不出来。可晚上总是搽上胭脂抹上粉的。”

“也是穿滑雪装吗？”

“穿雪裤。啊，真讨厌，烦死了。又快到这个季节了，每到这个时候，饭局一完，就说什么明儿个滑雪场上见，今年真不想滑了。回见了。来，小君，咱们走吧。今儿晚上要下雪。下雪前，晚上特别冷。”

驹子走后，岛村坐在方才她坐过的那把藤椅上，看见驹子牵着小君的手，在滑雪场尽头的山坡上，正往家走。

天上云起，层峦叠嶂中，有的遮着云影，有的浴着阳光。光与影，时刻变幻不定，景物凄清。不大会儿，滑雪场上也一片凝阴。俯视窗下，篱笆上像胶冻似的结着一条条霜柱，上面的菊花已经枯萎。檐头落水管里，化雪的滴沥声响个不停。

那天夜里没有下雪，飘洒了一阵雪珠之后，竟下起雨来了。

回家的前夜，月华如练，入夜深宵，寒气凛冽。那晚岛村又把驹子叫来。将近十一点时，她说要出去散步，怎么劝也不肯听。硬是把岛村拖出暖笼，勉强他陪她出去。

路上结了冰。村子沉睡在严寒之中。驹子撩起下摆，掖在腰带里。月光晶莹澄澈，宛如嵌在蓝冰里的一把利刃。

“咱们走到车站去。”驹子说。

“你疯啦？来回快八里路呢。”

“你不是要回东京吗？我想去看看车站。”

岛村从肩膀到两腿都冻麻了。

回到房间，驹子突然变得无精打采，两手深深插进暖笼里，垂头丧气，一反往常，连澡也不去洗了。

暖笼上蒙的被子原样不动，盖被就铺在下面，褥子靠脚的一头挨着地炉边儿，只铺了一个被窝。驹子从一旁向暖笼里取暖，低着头，一动也不动。

“怎么了？”

“想回去。”

“胡说。”

“别管我，你去睡吧。我只想这么待会儿。”

“干吗要回去？”

“不回去，我在这儿待到天亮。”

“好没意思。不要闹别扭嘛。”

“没闹别扭。谁闹别扭了。”

“那你——”

“嗯，身上怪难受的。”

“我当是什么呢，这点事，有什么关系。”岛村笑了起来，“我不会把你怎么样的。”

“讨厌。”

“再说，你也胡来。还出去那么乱跑一通。”

“我要回去了。”

“何苦呢。”

“真难过。唉，你还是回东京吧。难过得很。”驹子把脸悄悄伏在暖笼上。

她说难过，难道是怕对一个旅客过分痴情而感到惴惴不安？抑或是面对此情此景，强忍一腔怨绪而无法排遣？她对自己的感情，竟到了这种地步吗？岛村默然半晌。

“你回去吧。”

“原想明天就回去的。”

“咦，为什么回去？”驹子如梦方醒似的抬起头来。

“不论待多久，你的事，我不终究是无能为力吗？”

她茫然望着岛村，突然激动地说：

“这可不好，你这人，就是这点不好。”说着霍地一下站起来，一把搂住岛村的脖子，狂乱不堪。

“你这人，怎么能说这种话。起来，你倒是起来呀。”嘴里这么说着，自己竟先倒了下去，狂乱之下连自己身子不舒服都忘了。

过了一会，她睁开温润的眸子。

“说真的，你明天就回去吧。”她平静地说着，拾起掉下来的头发。

岛村在第二天下午三点钟动身，正在换衣服时，旅馆账房把驹子悄悄叫到走廊。听见驹子回答说：“好吧，就照十一个钟点结算吧。”也许账房认为十六七个钟点未免太长了。

一看账单才明白，早晨五点回去，就算到五点，第二天十二点去，就算到十二点，全都照钟点计算。

驹子穿了外套，又围了一条白围巾，把岛村一直送到车站。

离开车还早，为了消磨时间，去买了些咸菜和蘑菇罐头等土特产，结果还有二十多分钟。于是，在地势稍高的站前广场上一面溜达，一面打量周围的景色，心想，这儿可真是雪山环抱，地带狭窄。驹子那头过于浓黑的美发，在这幽阴萧索的山峡里，反显得很凄凉。

远处，河流下游的山腰上，不知为什么，有一处照着一抹淡淡的阳光。

“我来了之后，雪化掉不少了。”

“可是，只要下上两天雪，马上能积到六尺深。如果连着下几天，电线杆上的路灯都能给埋进雪里。走路时，要是想着你什么的，脖子会碰到电线给剐破。”

“真能积得那么厚吗？”

“就在前面镇上这所中学里，听说下大雪的早晨，有的学生从二楼宿舍的窗口赤膊跳进雪里,身子一直沉到雪下面,看不见影。就像游泳似的,在雪里划着走。你瞧，那边就有一辆扫雪车。”

“我倒很想来赏赏雪，不过，正月里恐怕旅馆挺挤的吧。火车会不会给雪崩埋住呢？”

“你这人好阔气。一向都这么过日子的吗？”驹子望着岛村又说,“你怎么不留胡子？”

“哦，正打算留呢。”说着，用手摸着刚刮得青乎乎的下巴。嘴角旁一条蛮漂亮的皱纹，给他线条柔软的面颊，平添一些刚毅之气。心想，或许驹子喜欢的就是这个。

“你呐，每次洗掉脂粉，就像刚刮过脸一样。”

“乌鸦叫得真难听。这是在哪儿叫呢？好冷呀。”驹子仰头望着天空，胳膊抱着前胸。

“到候车室里烤烤火吧？”

这时，叶子穿着雪裤，从那边小巷里拐出来，慌慌张张朝停车场的这条大路跑来。

“嗳呀，阿驹！行男他……阿驹！”叶子上气不接下气，好像小孩子受惊之后缠住母亲似的，抓住驹子的肩头说，“快回去，他样子不大对，赶快！”

驹子闭起眼睛，像是忍着肩膀上的疼痛，脸色刷白。想不到，她竟断然地摇了摇头说：

“我在送客，不能回去。”

岛村吃了一惊。

“送什么呢，不必了。”

“那不成。我哪知道你下次还来不来。”

“来的，还会来的。”

叶子好像压根儿没听见似的，只着急地说：

“方才打电话到旅馆，说你在车站，我就赶了来。行男他在叫你呢。”说着伸手去拉驹子。驹子先是忍着，突然挣脱她说：

“我不去。”

这一挣扎，驹子自己倒趔趄了二三步。接着打了一下呃，仿佛要吐，又没吐出什么来。眼圈湿了，脸上起了鸡皮疙瘩。

叶子愣在那里，呆呆地望着驹子。神情认真到极点，看不出是愤怒、惊愕，还是悲哀，毫无表情，简直像副面具。

她又这样转过脸来，一把抓起岛村的手说：

“对不起，请叫她回去吧，叫她回去吧。好吗？”叶子只顾用尖俏的嗓音央求着不撒手。

“好，我叫她回去。”岛村大声答应说。

“快回去呀，傻瓜！”

“要你多什么嘴！”驹子冲着岛村说，一面伸手把叶子从岛村身边推开。

岛村的指尖叫叶子使劲握得发麻，他指着站前的汽车说：

“我马上叫那辆车送她回去。你就先走一步吧，好吗？在这儿，这样子，人家都看着呢。”

叶子点头同意了。

“那么，请快些，快些呀！”说完，转身就跑，动作之快，简直令人不能置信。目送她渐渐远去的背影，岛村心里不禁掠过一个此刻所不应有的疑窦：为什么这姑娘的神情老是那么认真呢？

叶子那美得几近悲凉的声音，仿佛雪山上就会传来回声似的，依旧在岛村的耳边萦绕。

“你到哪儿去？”驹子见岛村要去找司机，一把拉住他说，“不行，我不回去！”

陡然间，岛村从生理上对驹子感到厌恶。

“你们三人之间，究竟是怎么回事，我不清楚。可是，那位少爷说不定马上就要死了。所以他想见你一面，才打发人来叫你的。你该乖乖地回去。否则，会后悔一辈子的。说话之间，万一他断了气怎么办？不要意气用事了，索性让一切都付之流水吧。”

“不，你误会了。”

“你给卖到东京的时候，不是只有他一个人给你送行吗？你最早的一本日记上，一开头写的不就是这件事吗？他临终的时候，你能忍心不回去？在他生命的最后一页上，你应当把自己写进去。”

“不，我不愿意看着一个人死掉。”

这话听来，既像冷酷无情，又像充满炽烈的爱。岛村简直迷惑不解了。

“日记已经记不下去了。我要烧掉它。”驹子嗫嚅着，不知怎的又绯红了脸，“你这人很厚道，对吗？你要是厚道人，把日记全给你都行。你不会笑话我吧？我觉得你为人很厚道。”

岛村无端地很受感动。忽然觉得，的确没有人能像自己这么厚道。于是，也就不再勉强驹子回去。驹子也没有再开口。

旅馆派驻车站的茶房出来，通知岛村检票了。

只有四五个当地人，穿着灰暗的冬装，默默地上车下车。

"我不进站台了，再见吧。"驹子站在候车室的窗内，玻璃窗关得紧紧的。从火车上望过去，就像穷乡僻壤的水果店里，一枚珍果给遗忘在熏黑的玻璃箱里似的。

火车一开动，候车室的窗玻璃看上去熠熠发亮，驹子的脸庞在亮光里忽地一闪，随即消逝了。那是她绯红的面颊，同那天早晨映在雪镜中的模样一样。而在岛村，这是同现实临别之际的色彩。

火车从北面爬上县境上的群山，穿进长长的隧道时，冬天午后惨淡的阳光，仿佛被吸入黑暗的地底。而后，这辆旧式火车好像把一层光明的外壳卸脱在隧道里一般，又从重山叠嶂之间，驶向暮色苍茫的峡谷。山这边还没有下雪。

沿着河流，不久驶出旷野。山顶仿佛雕琢而成，别饶风致。一条美丽的斜线，舒缓地从峰顶一直伸向远处的山脚。月光照着山头。旷野的尽头，唯见天空里淡淡的晚霞，将山的轮廓勾成一圈深蓝色。月色已不那么白，只是淡淡的，却也没有冬夜那种清寒的意态。空中没有鸟雀。山下的田野，横无际涯，向左右伸展开去。快到河岸那里，矗立一所白色的建筑物，大概是水力发电厂。这是寒冬肃杀，日暮黄昏中，窗外所见的最后景象了。

因为暖气的湿热，车窗开始蒙上一层水汽。窗外飞逝的原野愈来愈暗，车内的乘客映在窗上也半似透明。又是那垂暮景色的镜中游戏。这列客车，跟东海道线上的火车相比，简直像是来自另一个国度，大概只挂了三四节陈旧褪色的老式车厢。电灯也昏暗无光。

岛村恍如置身于非现实世界，没有时空的概念，陷入一种茫然若失的状态之中，徒然地被运载以去。单调的车轮声，听来像是女人的细语。

这声声细语，尽管断断续续，十分简短，却是她顽强求生的象征，岛村听着感到心酸难过，始终不能忘怀。如今渐渐离她远去，那些话语已成遥远的回响，只不过额外给他增添一缕乡愁旅思而已。

此刻行男也许已经断气了吧？驹子为什么抵死不肯回去呢？会不会因此没赶上最后再看他一眼？

乘客少得惊人。

只有一个五十多岁的汉子同一个面色红润的姑娘相对而坐，一直不停地聊天。姑娘血色红润得像火一样，滚圆的肩膀上围着黑色的围巾，探着身子,专心听那汉子说话,高兴地应对。两人好像是长途旅行的乘客。

可是，到了丝厂烟囱高耸的车站时，那汉子慌忙从行李架上取下柳条包，从窗口放到月台上，一面说："好吧，要是有缘，后会有期。"跟姑娘道过别便下车走了。

岛村忽然忍不住要落泪，连自己也莫名其妙。因此，也就格外加重他幽会归来后的离情别绪。

他做梦也没想到，那两人只是偶然同车的陌路人。男的大概是个跑行商之类的。

在东京临动身时，妻子嘱咐他，现在正是飞蛾产卵的季节，不要把西服往衣架或墙壁上一挂就不管了。到了这里之后，果然发现旅馆房檐下吊着的灯笼上，钉着六七只玉米色的大飞蛾。隔壁三张席的小房间里，衣架上也停着一只身小肚大的飞蛾。

窗上还安着夏天防虫的铁纱。铁纱上也有一只蛾子，一动不动，像粘在上面似的，一对桧皮色的触角，如同细羽毛一样，伸了出来。翅膀是透明的浅绿色，有女人手指那么长。窗外县境上连绵的群山，沐着夕阳，已经染上秋色，而这一点浅绿，反给人死一样的感觉。前翅和后翅重合的地方，绿得特别深。秋风一来，翅膀便如薄纸一般不住地掀动。

不知是不是活的，岛村站起来，隔着铁纱，拿手指去弹，飞蛾没有动。用拳头嘭地一敲，便像树叶似的飘然下坠，落到半途，竟又翩然飞走了。

仔细看去，窗外杉林前，有无数蜻蜓飞来飞去，好像蒲公英的白絮在漫天飞舞。

山脚下的河流，仿佛是从杉树梢上流出来的。

有点像胡枝子的白花，银光闪闪，盛开在半山腰上。岛村眺望了良久。

从旅馆的浴池出来时，大门口坐着一个摆摊售货的俄国女人。岛村心想，居然跑到这种乡下来了，便过去看了看。卖的尽是些常见的日本化妆品和发饰之类的东西。

大约已经四十出头了，满脸是细小的皱纹，看来风尘仆仆。滚粗的脖颈，露出来的部分倒还白白嫩嫩的。

“你从哪儿来的？”岛村问。

“从哪儿来的？我，从哪儿来的？”俄国女人不知怎样回答才好。一边收拾摊子，一边像在思索的样子。

裙子像块脏布似的裹在身上，已经没有西装的样子了，大概在日本待了很久，背起大包袱径自走了。不过，脚上倒还穿着皮靴。

旅馆老板娘同岛村一起，在门口瞧着俄国女人走后，邀他进了账房。炉边背朝外坐着一个高大丰腴的女人。这时，提着衣服下摆站了起来。穿的是一件印有家徽的黑礼服。

滑雪场贴的广告照片上，她跟驹子两人并肩而立，穿着陪酒穿的和服，套着雪裤，脚上踩着滑雪板。所以，岛村还记得她。她体态丰满，仪表大方，只是韶华将逝。

旅馆老板把火筷子架在地炉上，烤着椭圆形的大馒头。

“这馒头，您来一个怎么样？是人家送的，尝尝看。”

“方才那位已经洗手不干了？”

“可不是。”

“她蛮不错的嘛。”

“年限到了，是来辞行的。原先倒很走红。”

岛村吹着馒头上的热气，咬了一口，硬皮上有股陈馒头味，带点酸。

窗外，夕阳照在又红又熟的柿子上，光线一直射到悬在地炉上面吊钩的竹筒上。

“那么长,是狗尾草吧？”岛村惊奇地望着山坡。一个老太婆背着草，草竟有她人两个高。而且穗也很长。

“不，那是茅草。”

“茅草？是茅草吗？”

“那次铁路局在这里举办温泉展览会，盖了一间不知是休息室还是茶室，屋顶葺的就是这儿的茅草。后来听说，有位东京人，把那间茶室原封不动，整座买走了。”

“是茅草。”岛村自言自语又说了一句,“那么山上开的就是茅草花了。我还以为是胡枝子花呢。”

岛村刚下火车时，首先映入眼帘的，便是山上的这些白花。近山顶的那一段陡坡上，开了好大一片，闪着银色的光辉，宛如洒满山坡的秋阳，岛村的情绪大受感染，不由得为之一叹。当时还以为是胡枝子花呢。

然而，近看茅草萋萋，远望是令人感伤的山花，两种感受迥然不同。大捆大捆的茅草，把一个个背草的女人完全给遮住了，草碰在山路两旁的石崖上，一路上沙沙作响。草穗也硕大得很。

到屋里，隔壁一间点着十烛光灯泡的房间，光线幽暗，进去一看，那只个小肚大的蛾子，已把卵产在黑漆衣架上，在那上面爬着。屋檐上的蛾子，吧嗒吧嗒直往灯上撞。

秋虫从白天开始便唧啾不已。

驹子过了一会儿才来。

站在走廊上，面对面地凝目望着岛村。

“你来做什么？到这种地方来做什么？”

“来看看你。”

“言不由衷。东京人最会撒谎，讨厌。”

驹子坐了下来，用温柔而低回的声调说：

“我可不愿再给你送行了。心里有说不出的滋味。”

“好吧，这次我就悄悄地走吧。”

“那不行。我的意思是不送你到车站了。”

“他后来怎么样了？”

“当然死了。”

“是你来送我的时候吗？”

“我说的是两回事。我万没想到送别会叫人那么难过。”

“唔。”

“二月十四那天，你干什么去了？净骗人。害我等得好苦。以后你说什么，我也不信了。”

二月十四日是驱鸟节。是这一带雪国儿童一年一度的节日。先在十天之前，村里的孩子们便穿上草鞋，把雪踩硬实，然后切成二尺见方的雪砖，一块块垒起来，盖成一座雪堂。这雪堂有一丈六七尺见方，一丈多高。十四日夜里，孩子们把各家各户挂在门口驱邪用的草绳全部搜罗来，堆在雪堂门口，点起熊熊篝火。这一带雪国是二月初一过年的，所以，家家门上的避邪绳还未摘掉。之后，孩子们爬到雪堂顶上，挤来挤去，唱驱鸟歌。唱完便进到雪堂里，点灯守夜，直到天亮。十五日一清早，又爬上雪堂顶，再次唱驱鸟歌。

那时积雪最深，岛村曾同驹子相约，前来观看驱鸟节。

“我二月里回老家去了，连生意都歇了。以为你准来，十四日那天就赶了回来。早知道多服侍几天病人该多好。”

“谁病了？”

“师傅上港口去，得了肺炎。我那时正在老家，拍了电报来，我就赶去服侍。”

“好了吗？”

“没好。”

“那太糟糕了。”岛村又像是对自己爽约表示歉意，又像是对师傅之死表示悲悼。

“哦——”驹子忽然轻轻摇了摇头，拿手帕掸着桌子说，“这么多小虫。”

从矮桌上掸下一片小飞虫，落在席子上。有几只飞蛾绕着电灯回旋飞舞。

纱窗外面停着好些种飞蛾，在清明澄澈的月光下，浮出星星点点的黑影。

“胃痛，胃痛得很。”驹子两手插进腰带，伏在岛村的膝盖上。

敞开的后衣领口，露出搽得雪白的粉颈，霎时落下不少比蚊子还小的飞虫。有的当即死去，不再动弹了。

头颈比去年粗了些，也更为丰腴。已经二十一岁了，岛村心想。

他觉得膝头有些热烘烘、潮乎乎的。

“账房他们贼忒嘻嘻地笑着说：‘驹姑娘，快到茶花厅去看看吧。’真讨厌，我刚送大姐上火车回来，想舒舒服服睡一觉，说是旅馆里来了电话。我累得要命，真不打算来了。昨晚上喝多了，给大姐饯行来着。在账房那儿，他们光是笑，不吭声，原来是你。有一年了吧？你一年来一次，是吗？”

“那馒头我也吃了。”

“是吗？”驹子直起身子，脸颊在岛村膝盖上压过的地方，红了一块，那模样突然显得有些稚气。

她说，给那位中年艺伎送行，一送送到下下一站才回来。

“真没意思。从前办什么事，都很齐心。可现在，越来越自私，都只顾自己。这儿现在也变得相当厉害。脾气合不来的人，也一天天多起来。菊勇姐这一走，我就孤单得很了。本来什么事都听她的，生意上也数她走红，从没少于六百炷香[1]的，家里拿她当宝贝呢。”

听说菊勇年限满了，要回老家去，是结婚呢，还是继续在这一行里混呢？岛村这样问道。

“说起来大姐也怪可怜的。原先嫁人不成，才到这儿来的。”说到这里，驹子有些吞吞吐吐，犹豫了一阵，望着月光朗照下的梯田说：

“那边半山腰上，有座新盖的房子不是？”

1　艺伎陪酒以一炷香为一时间单位。

“那家叫菊村的小饭馆吧？”

“嗯。大姐本来要到那家铺子去的，想不到她自作自受，竟吹掉了。事情闹得满城风雨。人家特意为她盖起的房子，临要搬进去的时候，竟把人给甩了。因为她另有相好的，打算跟那人结婚，结果反受了骗。人一着了迷，真会那样子吗？对方逃走了，她可没脸再跟原先那位破镜重圆，去要人家那个铺子。再说，丢人现眼的，也没法儿在这儿混下去了。只好到别处去重打鼓另开张。想想也怪可怜的。我们虽然不大清楚，反正有过不少人。”

“跟她相好的男人吧？能有五个吗？”

“也许吧。”驹子抿嘴一笑，扭过头去说，“大姐其实是个感情挺脆弱的人。一个可怜虫。”

“那也由不得人呀。”

“那可不见得。相好一阵,又能怎样？”她低着头,用簪子搔着头皮说，“今儿个去送行，心里难受极了。”

“那么，给她盖的那个饭馆呢？”

“那人的太太来掌管了。”

“他太太来开饭馆，倒有意思。”

“本来什么都齐全了，就等着开张了。要不，怎么办？他太太便带着孩子全搬了来。”

“那他家里呢？”

“听说只留一个婆婆在家。男的虽然是乡下人出身，却很好此道。人倒怪风趣的。”

“哦，是个浪荡子。年纪不小了吧？”

“还年轻呢。刚三十二三吧？”

“唔？那么说，姨太太反比自己太太年纪还大？”

“是同年，都是二十七。”

“‘菊村’大概就是取菊勇的菊字吧？结果却由他太太来掌管。”

“招牌既然打了出去，想必也不便再改了。”

岛村把衣领往上掖了掖，驹子起来去关上窗，一面说：

“大姐她也知道你。今儿还告诉我，说你来了。”

“我在账房里碰见她来辞行的。”

“说了些什么？”

“没说什么。”

“你知不知道我的心情？”驹子把刚关上的窗子唰地又打开，一屁股坐在窗台上。隔了一会儿，岛村说：

“这里的星星跟东京的不一样。好像浮在天上似的。”

“因为有月亮的缘故，要不然也不这样。今年的雪好大哟。”

“听说火车时常不通，是吗？”

“嗯，简直吓人。汽车也比往年迟了一个月，到今年五月才通车。滑雪场上不是有个小卖店吗？雪崩把二楼屋顶给压塌了，楼下的人还不知道，听声音不对劲儿，以为是厨房里的老鼠在作怪。去厨房看了看，没什么事，上楼一看，到处是雪。挡雨板什么的，全给风雪卷走了。虽然只是山表皮上一层雪崩，广播里却大肆宣传，吓得大家都不敢来滑雪了。今年我也不打算滑了，去年年底把一副滑雪板都送了人。虽然如此，我依旧去滑了两三次。你看我变样没有？”

“师傅死后，你这一向怎么过的呢？”

“少替别人操心吧。二月里，我可是准时在这儿等你来着。”

“既然回到港口，来信告诉我一声不就得了？”

“我才不呢。那么可怜巴巴的,我不干。叫你太太看见也没要紧的信，写它干什么呢！多可怜！因为有所顾忌而言不由衷，何苦呢！”

驹子的口气很急，连珠炮似的数落了一顿。岛村点了点头。

“你别坐在虫子堆里，把灯关了就好了。”

月光朗澈，几乎连她耳朵的轮廓都凹凸分明。一直照进屋内，把席子照得冷森森、青悠悠的。

驹子双唇柔滑细腻，像水蛭的轮环一样美丽。

“不，让我回去。”

“还是那个样子。”岛村凑过去看，头向后仰，颧骨略高的小圆脸，那样子带点滑稽相。

“别人都说，我还是十七岁刚到这儿时的模样，一点没变。本来嘛，生活也一直是老样子。”

脸蛋儿红喷喷的，依然像北方少女那样。月光下，艺伎风情的肌肤，发出贝壳似的光泽。

“不过，这儿的家变了，你知道吗？”

“师傅死了，是吗？你已经不住在那间蚕房了吧？现在的屋子该是名副其实的住处喽？”

“名副其实的住处？可不是。是爿杂货店，卖些点心和香烟。店里就我一个人张罗。这回是受雇于人，所以，夜里太晚了，要看书就自己点蜡烛。”

岛村抱着胳膊笑了。

“因为装了电表，不好浪费人家的电。”

“哦，是这样。”

“可是这家人待我相当好。以至有时想，这叫给人做工呢。小孩子哭了，老板娘怕吵我，便把孩子背出去。我没有什么可不满意的。只是床铺铺得不大平整，挺别扭的。每次回去晚了，他们便把被窝给我铺好。不是褥子铺得歪歪扭扭的，就是单子皱皱巴巴的。看着心里怪难受的。可是，又不好意思重铺。人家也是一片好心，该领这个情才是。”

“你要是成了家，准是劳碌命。”

“谁说不是呢。生就的脾气。家里有四个孩子，简直乱成一团。整天跟在他们后面收拾个没完，明知收拾好了，又会给弄得乱七八糟的，可心里老惦着，丢不开手。只要环境许可，我总想把生活弄得干净舒服些。”

“这倒是。”

“你懂我的心思吗？”

“当然懂呀。”

“既然懂，那你说说看。说吧，你倒是说呀。”驹子突然声音急切逼着他说。

“你瞧，说不上来了吧？净骗人。你生活那么阔绰，什么都满不在乎的。你哪儿会懂我的心思呢。”

接着又低声说：

“真叫人伤心。我是个傻瓜。你明儿就回去吧。”

“你这么个追问法，哪能一下子说明白呢。”

“有什么说不明白的？你就是这点不好。”说着，无可奈何地闭起眼睛不作声了。那神气，仿佛知道岛村会体谅自己似的。

“一年来一次就行，以后你还得来。至少我在这里的期间，你每年一定来一次，好吗？”

她说，她受雇的期限是四年。

“回老家去的时候，万没想到还要出来做这种营生，临走连滑雪板都送人了。要说成绩，倒是把烟戒掉了。”

“对了，你从前烟抽得很厉害。”

“可不。陪酒的时候，常把客人送的香烟偷偷拢进袖子里，回去一抖落，有时能有好几支呢。”

“不过，四年是够长的了。”

“转眼就会过去的。”

“你身上好暖和。”趁驹子挨了过来，岛村就势把她抱了起来。

“暖和也是天生的。”

“早晚已经冷了吧。”

“我来这里都五年了。刚来时，一想到要住在这种地方，心里就有些发慌。尤其没通火车之前，真是冷清极了。从你第一次来，到现在也有三年了。”

不到三年工夫，来了三次，每一次来，驹子的境遇都有一次变化，岛村心里这样寻思着。

忽然，几只纺织娘叫了起来。

“真讨厌。”驹子从他膝上站了起来。

吹了一阵北风，纱窗上的蛾子一齐飞了起来。

岛村已知道，看来像是微微睁开的黑眸子，其实是浓密的睫毛合着的缘故，可他仍凑上去看了看。

“烟戒了，人倒胖了。”

肚皮上的脂肪，确实是厚了些。

本来分开后难以捉摸的种种，两人一旦挨在一起，顿时又恢复往日的亲密。

驹子把手轻轻放在胸脯上。

“一边变大了。”

“傻瓜。是那人的怪癖吧？光摸一边。”

“哎哟，真讨厌！胡说八道的，你这人讨厌死了。”驹子忽地变了脸。岛村想起来，是这么回事。

“下次叫他两边匀着些。”

“匀着些？叫他匀着些？”驹子温柔地把脸凑了过来。

这间屋子在二楼上，听得见癞蛤蟆在旅馆四周叫。而且，不止一只，好像有两三只在爬，叫了好一阵。

从旅馆的浴池上来后，驹子用平静的语调又坦然说起自己的身世来。

刚到这里接受身体检查时，以为同雏妓一样，衣服只脱了上半身，被人取笑了一番，为此还哭了起来。她甚至连这些枝节都告诉了岛村。凡岛村问的，她全都回答。

“我那个非常准，每月都提前两天。”

“陪酒时没什么不方便吧？”

“嗯。怎么这些事你也懂？”

每天都到有名的热温泉里舒筋活血，去新老两家旅馆应酬陪酒，还要走上八里多路，以及很少熬夜的山居生活，使她长得体态丰满而结实，腰身却又像一般艺伎那么婀娜。正看纤瘦苗条，侧看则很厚实。她之所以能把岛村大老远地吸引过来，自有其惹人爱怜之处。

“像我这种人难道不能生孩子吗？”驹子一本正经地问。她的意思是，只与一个人交往，岂不如同夫妻一样。

驹子身边有那么一个人，岛村还是头一次听说。她说从十七岁那年起，已经有了五年关系。岛村一直觉得奇怪，驹子会那么无知而又不知戒备，现在才明白个中原由。

她说，还在当雏妓的时候，给她赎身的那个人去世了，后来，她刚到港口，这个人就马上提出愿意照顾她。也许就是为了这个缘故，驹子说从开始到现在，一直讨厌那人，感情上始终不能融洽。

“既然相处了五年，那人也算是好的了。”

“我有过两次机会，可以跟他分手。一次是来这儿当艺伎，还有一次是从师傅家搬到现在这家来的时候。不过，我这人心太软，真的，心太软。”

驹子说，那人现在住在港口那边。因为把她留在镇上，有所不便，所以趁师傅回乡，便把她托付给师傅。他为人虽然厚道，驹子却一次都没许身给他，想想怪不忍心的。因为年纪相差挺大，他偶尔才到这里来一趟。

“怎么才能跟他一刀两断呢？我常常想，索性就放荡一下。我真这么想过。”

“放荡可不好。”

“要放荡，我也办不到。天性如此，做不出这种事。我对自己的身子是很爱惜的。只要自己舍得干，四年的期限，就可以缩短到二年，可我从不胡来。反正身体要紧。要是勉强自己去做，那能赚不少钱哩。因为我们是算年限的，只要老板不吃亏就行。借的本金每月合多少，利息多少，税金多少，再加上自己的伙食钱，这些钱一算就清楚了。这之外用不着勉强自己多做。有的饭局太麻烦，要是不愿意，干脆就回掉，赶紧回家，除非是熟客指名点我，要不然，旅馆里也不会夜里大老晚地打电话来。不过，说到奢侈，那是没个止境的，我反正随便挣一点，能够对付过去就行了。我借的本钱，已经还掉一大半了。还不到一年的工夫。话又说回来，每个月的零用，加上别的花销，怎么也得三十块钱。”

她说，一个月只要能赚上一百元就够了。上个月，做得最少的人，也有三百炷香，合六十块钱。而驹子出去陪酒，有九十几次，是赚得最多的。每一次饭局，自己可拿一支香，老板虽然吃些亏，但水涨船高，赚得还是不少。至于债台高筑、延长年限的人，这个温泉村里倒一个也没有。

第二天清晨，驹子依旧起得很早。

“我做了一个梦，梦见和插花师傅打扫这间屋子，于是就醒了。”

搬到窗口的梳妆台，镜子上映着漫山红叶的冈峦。镜中的秋阳，明光闪亮。

糖果店的女孩把驹子的替换衣服送了来。

隔着纸拉门喊“驹姐”的，已不是那个声音清澈得近乎悲凉的叶子。

“那姑娘后来怎么样了？”

驹子睃了岛村一眼。

“天天上坟去。你瞧，滑雪场下面，有块荞麦田吧？开白花的那片地。靠左边有座坟墓，看见没有？”

驹子回去之后，岛村也到村里散步去了。

有个小女孩穿着簇新的红法兰绒雪裤，正在房檐下白粉墙旁拍皮球，完全是一派秋天的景象。

房屋大多古色古香，令人以为是封建诸侯驻跸的遗迹。房檐很深。楼上的纸窗只有一尺来高，而且很窄。檐头上挂着茅草帘子。

土坡上种了一道丝芒当篱笆，正盛开着浅黄色的小花。株株细叶，披散开来，美如喷泉。

路旁向阳的地方，在席子上打豆子的，恰是叶子。

一粒粒红小豆亮晶晶的，从干豆荚里迸出来。

叶子穿着雪裤，头上包着头巾，也许是没看见岛村，叉开腿，一边打小豆，一边用她那清澈得几近悲凉、好似要发出回声一样的声音唱着歌：

> 蝴蝶，蜻蜓，蟋蟀哟，
>
> 正在那个山上叫，
>
> 金琵琶，金钟儿，
>
> 还有那个纺织娘。

有一首歌谣唱道：飞飞飞，一飞飞出杉树林，晚风里，乌鸦的个儿真叫大。从窗口俯视下面的杉树林，今天仍有成群的蜻蜓在盘旋。临近傍晚时分，好像飞得更为迅疾似的。

岛村动身之前，在火车站的小卖店里，买了一本新出版的关于这一带的登山指南。他一口气看下去，上面写着：从旅馆这间屋子眺望县境上的群山，其中一座山峰的附近，有一条小径穿过美丽的池沼。沼地上的各种高山植物，百花盛开；到了夏天，红蜻蜓悠闲自在地飞舞，会停在你的帽子上，手上，甚至眼镜框上，比起城里受人追捕的蜻蜓，真有天壤之别。

可是，眼前这群蜻蜓，好像被什么东西追逐似的。仿佛急于趁日落黄昏之前飞走，免得被杉林的幽暗吞没掉。

远山沐浴着夕阳，从峰顶往下，红叶红得越发鲜明。

“人真是脆弱啊。听说从头到脚都摔得粉碎了。要是熊什么的，从再高的岩石上摔下来，身上也不会伤着哪儿。”岛村想起驹子早晨说的这些话。当时她一面指着那座山，一面说那儿又有人遇难的事。

倘若能像熊那样，有一身又硬又厚的皮毛，人的官能准是另一番样子了。可是人却喜爱彼此柔滑细嫩的肌肤。岛村远眺夕阳下的山峦，想着想着竟自伤感起来，对人的肌肤油然生起一缕缱绻之情。

“蝴蝶，蜻蜓，蟋蟀哟……”一个艺伎在提前开的晚饭桌上，弹着蹩脚的三味线，唱着这首歌谣。

登山指南上只简单地载明路线、日程、住宿和费用等项，所以，这反倒使岛村可以海阔天空去遐想。他最初认识驹子，是在残雪中新绿已萌的山谷中漫游之后，来到这座温泉村的时候。如今又是秋天登山时节，望着自己屐痕处处的山岭，对群山不禁又心向往之。终日无所事事的他，在疏散无为中，偏要千辛万苦去登山，岂不是纯属徒劳吗？可是，也惟其如此，其中才有一种超乎现实的魅力。

离别之后，会时时思念驹子，可是一旦到了她身旁，也不知是因为心里泰然呢，还是对她的肉体过于亲近的缘故，觉得对人的肌肤的渴念和对山的向往，恍如同为梦幻。也许是昨晚驹子刚在这里过夜的缘故？寂静中，独自枯坐，只好心里盼着驹子能不招自来。一群徒步旅行的女学生，年轻活泼，嬉闹之声不绝于耳，听着听着竟睡意蒙眬起来，岛村便早早睡下了。

不大会儿工夫，好像下了一阵秋雨。

第二天早晨醒来，驹子已端端正正坐在桌前看书，穿了一套绸料的家常衣服。

“醒了吗？”她轻轻地问，转过脸来看着岛村。

“怎么回事？”

“你醒了吗？”

岛村疑心她是在自己睡着后来过的夜，便看了看铺盖。一面拿起枕边的表，才六点半。

“这么早。”

“可是，女用人早就来添过火了。”

铁壶冒着热气，全然是清晨的景象。

“起来吧。”驹子站起来，坐到岛村的枕边。那举止俨然是居家女子的模样。岛村伸了个懒腰，顺手握住驹子放在膝上的手，摸着她小指上弹三味线起的老茧。

“还困着呢。天不是刚亮吗？”

“一个人睡得好吗？”

“嗯。”

“你到底还是没留胡子。”

“对了，上次临走时，你提过这话，要我把胡子留起来。”

“忘了就算了。你倒总是把胡子刮得干干净净青乎乎的。”

“你不也是嘛，一洗掉脂粉，就像刚刮过脸一样。”

“脸上好像胖了一点。白白净净的，没有胡子。睡着的时候，看上去挺别扭的。圆乎乎的。”

“圆活一些还不好？”

“才靠不住呢。”

“真讨厌，你一直盯着我看吗？”

“正是。”驹子微笑着点了点头，忽然扑哧一声笑了出来，笑得连她的小手指在岛村手里也抽紧了起来。

“方才我躲进壁橱里，女用人一点没发现。”

“什么时候？什么时候躲进去的？”

“就是方才呀！女用人来添火的时候。”

驹子想起来竟又笑个没完。但突然脸红起来，一直红到耳根，好像为了掩饰一下，掀起被角扇着，一面说：

“起来吧，你起来呀！”

“好冷。”岛村抱紧了被子。

“旅馆里的人都起来了吗？”

“不知道。我是从后面上来的。”

“从后面？”

“从杉树林那边爬上来的。”

“那里有路吗？”

“没有路，但很近。”

岛村吃惊地望着驹子。

“谁都不知道我来。厨房里虽有动静，大门却还关着。”

“你又这么早起来。”

“昨晚没睡着。”

“下了一阵雨，你知道吗？”

“是吗？难怪那边的山白竹湿淋淋的，我说呢。我该回去了，你再睡一会儿，你睡吧。”

“我也要起来了。”岛村拉着她的手，一使劲出了被窝。到窗口向下望了望她爬上来的地方。那一带灌木丛生，山竹茂盛。和杉树林相接的小山腰上，恰好在旅馆的窗下，是一片田地，种着萝卜、番薯、大葱和芋艿一类家常蔬菜，在朝阳的辉映下，菜叶的颜色各色各样，他好像是头一次看到似的。

去浴室的走廊上，茶房正在喂泉水池里的红鲤。

“大概是天冷的缘故，不好好吃食呢。”茶房对岛村说。于是看了浮在水面上的鱼饵，那是把蚕蛹晒干捣碎做成的。

驹子一身干净相，坐在那里，对洗澡回来的岛村说：

“这么清静的地方，做做针线才好呢。”

房间刚打扫过，秋日的晨曦一直照到半新不旧的席子上。

“你还会做针线？”

“你太瞧不起人了。姐妹当中，数我顶辛苦了。回想起来，我刚长大的时候，好像正是家里最困难的时候。”她似乎在自言自语，忽又放开声音说：

“方才女用人挺奇怪的样子，问我，‘驹姑娘，什么时候来的？’我又不能两次三番地往壁橱里躲，真难为情。我该回去了。忙着呢。既然没睡好，就想洗洗头发。早晨要不早点洗，等到头发干了，再到梳头师傅那儿去梳头，就怕赶不上中午的饭局了。这里也有宴会，昨天晚上才通知我的。可是我已经答应了别处，这里来不了了。今儿个是星期六，忙得很。不能来玩了。”

嘴上虽然这么说，驹子却没有站起来的意思。

临了，她又不打算洗头了，便邀岛村到后院去。方才大概是从这里悄悄上来的，廊子下面放着驹子一双湿木屐和布袜子。

方才她爬上来时穿过的那片山白竹，看样子过不去。便顺着田边，往有水声的地方下去，河岸是道悬崖峭壁，栗子树上传来孩子的声音。脚下的草丛里，落下好几个毛栗子。驹子用木屐踩破，剥开外壳，里面的栗子还很小。

对岸的陡坡上，一片茅草正在抽穗，迎风款摆，闪着耀眼的银光。虽说是片耀眼的银色，却恰如飘忽在秋空里透明的幻境一般。

“到那边去看看吧，能看到你未婚夫的坟呢。”

驹子倏地挺直身子，面对面地瞪了岛村一眼，冷不防把一把栗子扔到他的脸上说：

“你拿我寻开心是吗？”

岛村躲避不及，噼里啪啦打在额上，痛得很。

“这跟你有什么关系，要你去看他的坟？”

“何必这么当真呢。”

“对我来说，那是正正经经的事，才不像你，闲得没事干。”

“谁闲得没事干了？”他软弱无力地嘟哝了一句。

“那你提什么未婚夫？上次不是告诉过你，他不是我的未婚夫吗？难道你忘了？”

岛村并没有忘记。

“师傅未尝没这么想过：我和少爷若能成婚，倒也不错。尽管她心里那么想，嘴上可从来没提过。不过，师傅的心思，少爷也好，我也好，都隐隐约约猜到一些。可是，我们俩本人也并不怎么的。我们不是在一起长大的。我被卖到东京的时候，是他一个人送我上的车。”

他记得驹子这么说过。

那人病危的时候，她是在岛村这里过的夜。

“我爱怎么的就怎么的，人都快死了，哪儿还管得了这些。”她甚至无所顾忌地说过这种话。

何况就在驹子送岛村去车站时，叶子来接她，说病人情况不妙，但她死活不肯回去，结果似乎临终也未能见上一面。这就使岛村心里更加忘不了那个叫行男的人。

驹子一向避免提起行男。虽说不是未婚夫，可正是为了挣钱给他治病，才沦落风尘，当了艺伎的。所以在她，自是“正正经经的事”，却是错不了的。

见岛村挨了栗子竟没生气，驹子一下子怔住了，顿时软了下来，攀住岛村说：

“噢，你真是个老实人。有点不高兴了吧？”

“孩子在树上看着呢。”

“我真弄不懂，东京人太复杂了。是不是周围乱糟糟的，便对什么都不以为意了呢？”

“对什么都不以为意了。”

“将来怕是连命也不在乎了。去看看坟吧。”

“好吧。”

“你瞧你。哪儿有什么诚心想去看坟呢。”

“是你自己不情愿嘛。”

“我从来没去过，所以，不免感到别扭。真的，一次也没去过。现在师傅也葬在一起，我觉得挺对不起师傅的，可是事到如今，反而更不便去了。倒显得假模假样的。”

“你这人才叫复杂呢。”

“为什么？他活着的时候，你没把态度说清楚，至少死后该有个明白交代啊。”

杉林里凝静得仿佛滴得下冷水珠来。走出林外，顺着滑雪场下面的铁路过去便是墓地。在田畦稍高的一角，竖着十来块墓碑和一尊地藏王石像。光秃秃的，挺寒酸，连花也没有。

可是，从地藏王后面的矮树丛里，忽然露出叶子的上半身。刹那间，她的表情竟那么一本正经，像戴着面具似的，眼光灼灼的，尖利地朝这边扫过来。岛村向她点头略施一礼，随即站住了。

“阿叶，好早哇。我上梳头师傅那儿……”驹子刚说到这里，猛地刮来一阵黑风，几乎要把人刮跑似的，她和岛村不由得缩了起来。

一列货车从身旁隆隆驶过。

“姐姐！”在震耳欲聋的声浪中传来一声呼喊。一个少年从黑色的货车门边，挥动着帽子。

“佐一郎——，佐一郎——”叶子喊着。

依然是在雪地信号所前，呼唤站长的那个声音。简直美得几近悲凉，仿佛是在呼唤已经渐渐远去、听不见声音的船上人。

货车过后，如同揭下了遮眼布，铁路那一边的荞麦花，灿然入目。红红的荞麦秆，花开得崭齐，显得十分幽丽。

两人无意中遇见叶子，竟没去注意开来的火车，而货车一过，方才尴尬的场面，也给一带而去，烟消云散了。

而后，车轮的声响消散了，叶子的声音似乎依旧在回荡，像是纯洁的爱情发出的回声。

叶子目送着火车，说：

“弟弟在车上，要不要去车站看看呢？”

“火车是不会在站上尽等着你呀。”驹子笑了。

“倒也是。”

“我可不是来给行男上坟的。”

叶子点了点头，犹疑了一阵，在墓前蹲下来，双手合十。

驹子仍然站着不动。

岛村转眼去看地藏王。石像三面都雕着狭长的脸，除了胸前一双手合十之外，左右还各有两只手。

“我该梳头去啦。”驹子对叶子说了这么一句，便顺着田埂朝村子走去。

在树干之间，一层一层绑上几根竹竿或木棍，像晾衣杆似的，挂上要晒干的稻子，当地叫“禾台”，看上去就像一道高高的稻草屏风。——岛村他们经过的路旁，就有农民在搭这种“禾台”。

穿雪裤的姑娘，腰身一扭，便把一捆稻子扔了上去，高高地站在上面的男人，灵巧地接过去，捋齐分好，然后挂在竹竿上。动作熟练而自然，得心应手地重复着。

驹子像估量什么珍贵物品似的，把挂在“禾台”上的稻穗，托在手心上掂了掂，说：

“这稻子多好，这么摸摸就叫人喜欢。跟去年可大不一样。”她眯起眼睛，似乎在玩味由稻子引起的那份惬意。一群麻雀在“禾台”上空低低地穿行飞掠。

路旁的墙头上还留着一张旧招贴，上面写着：“插秧工钱经公议，定为：每日大洋九角，供给伙食，女工六折。”

叶子家也有“禾台”，搭在略低于街道的菜地后面。但院子的左面，沿着邻居家的白墙脚，在成排栽的柿子树上，就搭着一个老高的“禾台”；而菜地和院子交界处，恰好与柿子树之间的“禾台”形成直角的地方，也搭了一个“禾台”。稻子下面留出一个进出口，看着就像用稻子搭的草棚似的。地里的大丽花和蔷薇已经凋零，旁边的青芋叶子却很繁茂。隔着“禾台”，已看不见养着红鲤的莲池。

驹子去年住的那间蚕房，窗子也被遮住了。

叶子好像生气似的，一低头便从稻穗中的缺口走了进去。

“她一个人住在这里吗？”岛村望着叶子微微前倾的背影说。

“不见得。”驹子粗声粗气地回答说。

“唉，烦死了。不去梳头了。全怪你多事，搅得她上不成坟。”

“是你自己意气用事，不愿在坟上遇见她。”

“你哪儿懂我的心思。等会儿有空再去洗头。也许会迟一些，反正一定上你那儿去。”

果然在半夜三点钟的时候。

拉门像要给推倒似的，响声把岛村给惊醒了，驹子一下子扑倒在他胸上。

“我说来，就来了不是？你看，我说来，就来了不是？”她大口喘着气，连肚子也跟着一起一伏的。

“你醉得太厉害了。”

“你看，我说来，就来了不是？”

“是啊，你是来了。”

“上这儿来的路，简直看不见，看不见。哦，好难受。”

“亏你还能爬上这个陡坡。”

“管它呢,才不管它呢。”驹子一骨碌往后一仰,压得岛村透不过气来。因突然给她吵醒，人还迷迷糊糊的，刚坐起来，便又躺了下去，脑袋碰到一个滚烫的东西上，便一惊。

“怎么，跟团火似的，傻瓜。”

“是吗？火枕头，会烫伤的哩。”

“真的。”岛村闭上眼睛，那股热气沁入他的脑门，使他感到自己确是活着的。驹子呼哧呼哧的，气息那么粗，使他越来越意识到，眼前这一现实。那似乎是种悔恨，但又令人恋恋不舍。此刻他心里很平静，好像在等着什么报复似的。

“我说来，就来了不是？”驹子反复念叨这句话。

“既然来过了，就该回去了。洗头去。”

于是爬了起来，咕嘟咕嘟喝水。

“你这个样子，哪能回去呢？”

“我得回去。我有伴儿。洗澡的用具上哪儿去啦？”

岛村站起来去开灯，驹子两手捂着脸，伏在席子上。

“不要嘛。”

驹子身上穿了一件镶黑领的毛料圆袖夹睡衣，花色很鲜艳，腰上系了一条窄腰带，看不见内衣的领襟。一双赤脚，也都泛出了酒意。她蜷缩着身子，仿佛要把自己藏起来似的，显得怪可爱的。

洗澡用具像是扔进来的，肥皂和梳子之类散在各处。

“帮我剪掉，我带剪刀来了。”

“剪什么？”

“这个呀。”驹子把手按在头发后面说，“本来要在家里剪掉头绳的，手不听使唤。顺便到这里，请你帮着剪一剪。”

岛村把她头发一绺绺分开，剪掉头绳。每剪一处，驹子便摇摇头，把头发抖落下来，人也安静一点。

“这会儿几点了？”

“已经三点了。”

“哟，这么晚了？可别把头发也剪掉呀。”

“系了这么许多。”

岛村手里捏了一绺假发，靠近头皮的地方还有些温热。

“已经三点了吗？大概陪酒回来之后，就那么躺倒睡着了。事先跟女伴约好的，所以才来叫我。她们这会儿准在想，也不知我到哪儿去了。”

“在等你吗？”

“在公共澡堂里洗呢，一共三个人。本来有六处饭局要应酬，结果只转了四处。下星期赏红叶，又得忙了。好，谢谢。”驹子梳着披散的头发，仰起脸，粲然一笑。

“管它呢，嘻嘻，多好玩。”

接着，无可奈何地捡起假发说：

“不好让人家久等，我该走啦。回来时，我就不过来了。”

“看得见路吗？”

“看得见。”

可是，她毕竟踩着衣服下摆，踉跄了一下。

早晨七点和半夜三点，在这种异乎寻常的时间里，竟一天两次偷空来看他，岛村觉得很不一般。

旅馆的茶房像过年挂松枝那样，把大门口拿红叶装饰起来，以示欢迎前来赏枫的客人。

在那里指手画脚、颐指气使的，竟是那个临时雇来、自嘲为“候鸟”的茶房。有些人从新绿的初春到漫山红叶的深秋，来这里的山间温泉做生活，冬天则到热海、长冈那一带的伊豆温泉去谋生，他就是这么一种人。每年并不限于在同一家旅馆干活。一方面卖弄他在繁华的伊豆温泉场的那套经验，同时又专说这一带旅馆待客的坏话。虽然搓手哈腰善于死皮赖脸地拉客，但显得假惺惺的，一副讨好的样子。

“先生，您晓得通草籽吗？您要尝尝，我来给你摘。”他冲着散步来的岛村说，一面把带着通草籽的蔓藤系在枫树枝上。

枫树枝大概是从山上砍来的，有屋檐那么高。鲜红的色调，使得大门焕然生辉，每片枫叶都大得出奇。

岛村攥了攥冰凉的通草籽，偶然朝账房那边望了一眼，见叶子正坐在地炉边上。

老板娘守着铜壶在温酒。叶子面对着她，老板娘说句什么，叶子便爽快地点一点头。没穿雪裤，也没套和服外褂，只穿了一件像是刚浆洗过的绸子和服。

“是来帮忙的吗？”岛村若无其事地问茶房。

“是呀，幸好她来，人手不够哩。”

“和你一样吧？”

“嗳。不过，乡下姑娘古怪得很。”

叶子好像在厨房里帮忙，从来没上客厅来过。客人一多，厨房里女用人的声音便乱糟糟地响成一片，却听不见叶子的声音。到岛村房里侍候的女用人说，叶子有个习惯，睡觉前洗澡的时候，好在澡堂里唱歌。不过，岛村没听见她唱过。

然而，一想到叶子也在这里，不知怎的，岛村觉得再叫驹子，就不免有所顾忌。驹子虽然对他表示爱恋，岛村自己却感到空虚，认为那只不过是一场美丽的春梦而已。也正因为如此，他好像摸到光滑的肌肤一般，反而感受到驹子身上那股求生的活力。他既哀怜驹子，也哀怜自己。他觉得叶子仿佛有一双慧眼，无意之间能洞察这一切似的。岛村同时又为她所吸引。

岛村即便不叫，驹子也常常会不期而至。

有一次，岛村去溪谷深处看红叶，经过驹子家门前。她听见车声，断定准是岛村，便跑了出来。而他竟头都没有回，事后她曾责备岛村，是个薄情郎。驹子只要应召来旅馆，是不会不去岛村房间的。去洗澡时，也会顺便来一趟。要是有饭局，便提早一个钟点，在岛村这里一直玩到女用人来催她才离开。陪酒时，也时常偷偷溜出来，在他那里对镜匀脸。

“做活去了，要赚钱嘛。走啦，赚钱，赚钱！”说着站起来走了。

装琴拨的口袋呀，和服的外套呀，以及她带来的不论什么东西，总爱留在岛村房里，然后才回去。

“昨晚回去没有开水，就在厨房里凑合着把早晨吃剩的酱汤浇在饭上，就着咸梅子吃的。凉极了。今天早晨也没人叫我。醒来一看，已经十点半了。本来想七点钟起来，结果也没起成。”

她把这类琐事，以及从这家旅馆到那家旅馆，酒宴上的情形，都一一说给岛村听。

“等会儿再来。”喝完水站起来后，却又说，“或许不来了。三十位客人，我们才三个，忙得脱不开身呀。”

可是，过一会儿又来了。

“真受不了。对方有三十个人，我们才三个人。而且，老的老，小的小，就苦了我。客人又小气得很。准是什么旅行团的。三十个人，至少也该叫六个人才行。回头喝它一通，把他们吓一吓再来。”

每天都是这种情景，这样下去怎么了局。驹子似乎也在极力掩饰自己的身心，可是，她那说不出的孤独感，反倒给她平添无限的风情，益发地娇艳。

“走廊走起来要出声音，真难为情。哪怕脚步放得再轻也听得见。走过厨房时，他们常拿我打趣，说：‘驹姑娘，是去茶花厅吧？’我万万没想到会变得这么顾虑重重的。”

“小地方就是多事。”

“现在人家全知道了。”

“那很糟糕。”

“可不是！要是名声稍有不好，在这种小地方就算完了。”随即仰脸微笑着又说，“算了，管它呢。我们这种人，到哪儿也能混碗饭吃。”

这种坦率的老实话，使得仰承先人遗产而饱食终日的岛村，大为意外。

“本来嘛，在哪儿还不是一样混饭吃，有什么好想不开的！”

她虽然说得那么轻描淡写，岛村仍能听到女人的心声。

“得了，甭去想了。能够真心去爱一个人的，只有女人才做得到。”驹子微微红着脸，低下头去。

后衣领敞了开来，露出雪白的肩背，像把展开的扇面。丰盈的肌肉，搽着厚厚的白粉，不知为什么，有点可怜兮兮的，看着既像毛织品，又像是兽类。

“也是因为如今这世道……”岛村嗫嚅道，忽而意识到语意的空洞，不由得打了个冷噤。

但驹子却单纯地说：

“什么世道还不都一样嘛！”

抬起头来，呆呆地又说了一句：

“你这还不知道？”

贴在背上的红衬衣给遮住看不见了。

岛村现在正在翻译保罗·瓦莱里[1]、阿兰[2]，以及俄国舞全盛时期法国文人的舞蹈论。打算自费出版少量豪华版。说来这种书对今天的日本舞蹈界未必有用，不过是聊以自慰罢了。拿自己的工作来嘲弄自己，恐怕也算是一种自得其乐吧。他那可怜的梦幻世界，也许正是从那里幻化出来的。尤其他无须这么急着出来旅行。

他仔细观察了昆虫憋死的惨状。

秋天愈来愈冷，他房里的席子上，每天都有死掉的虫子。硬翅膀的虫子，一翻转来，便再也爬不起来了。而蜂，却是跌跌爬爬，爬爬跌跌的。看来像是随着季节的推移，而自然地死去，死得静谧安宁。其实走近一看，脚和触须还在抽搐、挣扎。区区小虫，死所竟有八席之大，看来是宽敞有余了。

---

1 保罗·瓦莱里（Paul Valéry, 1871—1945），法国后期象征派诗人，评论家。

2 阿兰（Alain, 1868—1951），法国哲学家，提倡理性主义。

岛村用手去捏起来扔掉，有时会突然想起留在家里的几个孩子。

有的蛾子，一直停在纱窗上不动，其实已经死了，像枯叶似的飘落下来。有的是从墙上掉下来的。岛村捡起来一看，心想，为什么长得这样美呢?

防虫的纱窗已经卸掉，虫声寂然不闻。

县境上的群山，红得越发浓重，夕照之下，宛如冰冷的矿石，发出黯然的光彩。旅馆里挤满观赏红叶的游客。

“今儿个大约来不成了。本地人要举行宴会。”那天晚上驹子到岛村房里来时说。不大一会，从大厅里传来鼓声，夹带着女人的尖声高叫。正闹成一片时，出乎意料地近旁响起一个清亮的嗓音，问：

“有人吗？有人没有？”是叶子在叫。

“这是驹姐姐叫我送来的。”

叶子站着，像邮差似的伸过手来，随即又慌忙一跪。岛村解开打着结的便条时，叶子已经走掉了。连句话都没来得及说。

“此刻正在喝酒，闹得挺开心。”字是写在手纸上的，歪七扭八的。

然而，不出十分钟，驹子踉踉跄跄地走了进来。

“方才那丫头送什么东西来没有？”

“来过了。”

“是吗？”高兴地眯起一只眼睛。

“啊，真痛快。我推说去叫酒，便偷偷溜了出来。给账房先生看见了，还挨了骂。酒真好。挨骂也罢，脚步声也罢，什么都不在乎。嗳呀，糟糕，一来这儿，忽然醉起来啦。我还得做生意去。”

“你连手指尖都红得很好看呢。”

“走啦，做生意去。那丫头说什么没有？她可会拈酸吃醋呐，你知道不？”

“谁呀？”

“会宰了你的。”

“她也在帮忙吗？”

“端着酒壶，一动不动地站在走廊上瞧着，眼睛忽闪忽闪，亮晶晶的。你就喜欢那种眼神，是吧？”

“她准是一边看，心里一边想，真够下流的。”

“所以呀，我才写了条子叫她送来。好渴，给我点水吧。谁下流？要不把女人骗到手，那可难说。我醉了吗？”说着扑向镜台，抓住镜台的两角，对着镜子照了照，随即直起身子，理好下摆便出去了。

过了一会儿，宴会似乎散了，忽然沉静下来，远远传来收拾碗盏的声音。以为驹子被客人带到别的旅馆，去陪第二次酒时，不料叶子又拿着驹子打了结的字条来了。

“山风馆饭局已作罢，将去梅厅，回家时前来，晚安。”

岛村有些发窘，苦笑着说：

“谢谢你。是来帮忙的吗？”

“嗯。”叶子点头时，美丽的目光锐利地瞥了岛村一眼。岛村不免有些狼狈。

以前见的那几次，都曾留下令人感动的印象，而此刻她这样若无其事地坐在面前，岛村竟莫名其妙地有些局促起来。她那过于严肃的举止，总像有什么不寻常的事似的。

“好像很忙吧？”

“嗯。不过，我什么都做不来。”

“我倒是见过你好几次呢。头一次在回来的火车上，你照顾那个病人，还把你弟弟托付给站长，你还记得吗？”

“记得。”

“听说你睡觉前爱在澡堂里唱歌？”

“啊哟，真不像话，多难为情呀。”那声音美得惊人。

“你的事，我好像什么都知道似的。”

“是吗？是听驹姐姐说的吧？”

“她倒没说什么。甚至不大愿意提你的事呢。”

“是吗？”叶子悄悄扭过脸去说，“驹姐姐人很好，就是太可怜了，请你好好待她吧。”

说得很快，说到后来，声音都带点颤。

“可是，我也无能为力啊。”

叶子好像浑身都在发颤。脸上光艳照人。岛村忙将目光避开，笑着说：

“也许我该早些回东京的好。”

“我也要去东京呐。”

“什么时候？”

“什么时候都行。”

“那么，回去时带你一起走吧？”

“好的，就请带我一起走吧。”像是随便说说，但声音却透着真挚，岛村感到惊讶。

“只要你家里人肯答应。”

“我家里，只有一个在铁路上做事的弟弟。我自己做主就行了。”

“东京有什么熟人吗？”

“没有。”

“同她商量过没有？”

“你是说驹姐姐吗？她可恨，我才不告诉她呢。”

说着说着，情绪和缓下来，抬起有点湿润的眼睛，看着岛村。在叶子身上，岛村感到有种奇怪的魅力。但不知怎的，对驹子的恋情反倒更加炽烈起来。同一个身世不明的姑娘，像私奔似的回去，他觉得这样做虽然有些过分，但对驹子却是一种悔罪的表示，或者说也是一种惩罚。

“与一个男人同行，不怕吗？”

“怕什么呢？”

“你至少得打好主意，在东京什么地方落脚，想要做什么，否则岂不太冒险吗？”

“一个女孩子家总会有办法的。”叶子把尾音往上一挑，听来很悦耳。她盯着岛村说：

“你不能雇我做女用人吗？”

“什么话，做女用人！”

“说真的，我也不愿意当女用人。”

“以前你在东京做什么呢？”

“看护。”

“在医院里，还是在学校里？”

“都不是，只不过我想当就是了。”

岛村又想起火车上叶子照顾师傅儿子的情景，神情那么专注，正足以表现她的志向，不由得微笑了。

“那么这次也想去当看护了？”

“不想再当了。”

“那么没长性可不行。”

“啊哟，什么没长性，我不喜欢嘛。”叶子不以为然地笑了起来。

她的笑声也响亮清脆得近乎悲凉，听着毫无痴騃之感。在岛村的心弦上，徒然叩击了几下便消逝了。

“什么事那么好笑？”

“说穿了吧，我只看护过一个病人。”

“唔？”

“而且，再也做不到了。”

“原来这样。”岛村出其不意又挨了这么一句，便轻轻地说，“听说你每天都到荞麦田下面的坟上去，是吗？”

“嗯。”

“你打算这一生就不再看护别的病人，也不上别人的坟了吗？”

“不啦。”

“那你怎么舍得抛下那座坟，跑到东京去呢？”

“啊呀，对不起。你带我去吧。”

“驹子说，你最会吃醋哩。那个人不是驹子的未婚夫吗？”

“行男吗？瞎说，没有的事。”

“你说驹子可恨，为什么呢？”

“驹姐姐吗？”她像当面叫人似的，眼光忽闪忽闪地盯住岛村说：

“请你好好待驹姐姐吧。”

“我也力不从心啊。”

叶子的眼角涌出泪水，一面捏着掉在席上的小飞蛾，一面啜泣着说："驹姐姐说，我会发疯的。"说完，霍地跑出屋去。

岛村感到一缕寒意。

他打开窗子，想把叶子捏死的蛾子扔出去，却看见驹子喝醉酒，正欠起身子，逼着客人猜拳。天空阴沉沉的。岛村洗澡去了。

叶子领着旅馆的孩子，走进隔壁的女浴池。

让孩子脱衣服，给他擦澡，说话那么温柔，声音那么甜美，俨然一个天真烂漫的小母亲，听起来怪舒服的。

接着她又用那声音唱起歌来：

……

……

来到房后瞧一瞧，

梨树有三株，

杉树有三株，

三三一共有六株。

下做乌鸦巢，

上筑麻雀窝，

蟋蟀在林中，

为啥唧唧叫不住。

阿杉去扫墓，

扫的哪个墓，

扫的朋友墓，

一处一处又一处……

叶子孩子气地急口唱起这首拍球唱的儿歌，曲调轻快活泼，使岛村觉得方才的叶子就如同梦幻一样。

叶子不停地跟小孩子说话，直到走出澡堂，她的声音还像笛韵一样，余音袅袅。门口黑亮、陈旧的地板上，一旁摆着一只桐木三味线琴盒，在这秋夜的静谧中，也足以牵系岛村的情思。他走近去看是哪个艺伎的，正巧驹子从洗碗盏的那边走了过来。

“看什么呢？”

“这个人在这里过夜吗？”

“谁？哦，这个呀？多傻呀，你这人。这东西哪能随身带着各处走呢。有时一放就是好几天。”她笑着刚说完，便痛苦地喘着粗气，闭起眼睛，松开衣摆，踉踉跄跄地靠在岛村身上。

“好吗？送送我吧。”

“何必回去呢？”

“不，不，我得回去。本地人的饭局，别人全跟着去侍候第二局，只我一个人留下来了。这里有饭局倒还好说。等会儿她们回家约我去洗澡，我若不在，就太说不过去了。”

人已经醉得不成样子，驹子居然还能挺住身子走下陡坡。

“是你把那丫头弄哭的吧？”

“这么一说，她倒真有些疯疯癫癫的呢。”

“把人家看成那样，还觉得挺有趣，是不？”

“那不是你说的吗？说她会发疯。大概想起你的话才气哭了的。”

“那就算了。”

“可是还不到十分钟，便在澡堂里美滋滋地唱了起来。”

“在澡堂里唱歌，是她的怪癖。”

“她还正正经经求我，叫我好好待你来着。”

“多蠢呐。不过，这种话用不着你来跟我吹嘘。”

“吹嘘？不知为什么，很奇怪，一提起那姑娘，你就闹别扭。”

“你想要她是不是？”

“你这人，怎么说出这种话！”

“不是跟你开玩笑。看见那丫头，总觉得日后会成为我的一大包袱。不知怎的，我老有这种感觉。事情搁在你身上也是一样，假定你喜欢她，就好好观察观察看，你准会也这么认为的。”驹子把手搭在岛村肩上，依傍过来，忽而又摇摇头说：

“不。要是有你这样的人照顾她，也许还不至于疯。你替我背这包袱吧，好吗？”

“别胡说了。”

“你以为我是撒酒疯说醉话吗？我想过，那丫头要能在你身边，有你疼她，我索性就在这山里破罐破摔了。那多痛快。”

“喂！”

“放开我！”说着一脱身跑开了，咕咚一下撞到挡雨板上，已经到了她的住处。

“他们以为你不回来了。”

“嗯。我能开。”

从底下连提带拉，门便吱吱嘎嘎地开了。驹子低声说道：

“坐坐再走吧？”

“这么晚了。”

“他们全睡了。”

岛村终究有些游移。

“那我送你回去。”

“不必了。”

“不行。我现在的房间你还没看过呐。”

走进后门，眼前便横七竖八睡了一家人。盖的棉被是这一带做雪裤用的布料，已经褪了色，硬板板的。昏黄的灯光下，主人夫妇和一个十七八岁的女儿，还有五六个孩子，脸朝哪面睡的都有，贫寒之中自有一种强劲的生命力。

房里一股热烘烘的鼻息，逼得岛村不由得想退出门去，可是驹子已把身后的门啪嗒一声关上了，也不顾脚下出声，踩着木板地过来，岛村蹑手蹑脚走过小孩子的枕头边。一种奇异的快感，使他胸中发颤。

“你在这儿等一下，我先上去开灯。”

“不用了。”岛村摸黑走上楼梯。头一看，顺着一张张朴实的睡脸望过去，那边是卖点心糖食的铺面。

楼上有四间屋子，农家的格局，铺着旧席子。

“我一个人住，大是够大的了。”驹子说。她把所有的纸门都敞开，旧家具什物，全堆在另一间屋里。熏黑的纸门里面，铺着驹子的小铺盖。墙上挂着陪酒穿的衣服，简直像一座狐仙的洞府。

驹子一个人坐在铺盖上，把仅有的一个坐垫给了岛村。”

“哟，好红！”照着镜子说，“竟醉成这个样子了？”

说完便在衣橱上摸索了一阵。

“给你，日记。”

“这么多。”

从衣橱旁又拿来一个花纸糊的小盒，里面装满了各种牌子的香烟。

“客人给了，我就笼在袖子里或掖在腰带里带回来。虽然皱成这样子，却一点不脏。差不多的牌子都有了。”说着在岛村面前拄着一只胳膊，翻弄着盒里的香烟。

“嗳呀，没有火柴。戒了烟，便用不着了。”

“算了。你还做针线？”

“嗯。赏红叶的客人一多，就忙得没工夫做。”驹子回身把衣橱前面的活计收到一旁。

那只直木纹的漂亮衣橱和豪华的朱漆针线盒，大概是驹子在东京那段生活的纪念品，依然同放在师傅家那间纸箱也似的顶楼里一样，眼前摆在这荒凉的二楼上，显得黯然失色。

电灯上吊着一根细绳，一直垂到枕边。

“看完书想睡时，一拉这根绳，灯便熄了。”驹子摆弄着灯绳，俨然像个家庭主妇，规规矩矩坐在那里，带着一点娇羞。

“就像狐狸嫁女点鬼火——明灭由己。”

“可不是。”

“真要在这屋里住四年吗？

“已经半年过去了，其实也快。”

楼下的鼻息声隐约可闻，一时找不出话来，岛村便匆忙站了起来。

驹子一面关门，一面探头仰望夜空。

“要下雪了。红叶也快过时了。”说着也走到外面。

“这一带山里人家，红叶未尽雪已来。”[1]

“那么明天见了。”

“我送送你，送到旅馆门口。”

可是，仍和岛村一起进了旅馆。

“明儿见。”说完便不知到哪去了。过了一会儿，端了满满两杯冷酒来，一进屋便兴冲冲地说：

“来，喝一杯。你喝呀。”

“旅馆的人都睡了，你从哪儿拿来的？”

“嗯，我知道放在哪儿。”

看样子驹子从酒桶倒酒时，已经喝过了，又露出方才的醉态，眯起眼睛，看着酒从杯口往外溢。

“不过，摸黑喝酒，真没味儿。”

岛村接过那杯冷酒，一口便喝干了。

喝这点酒本不该醉，也许是方才在外面走受了凉，突然觉得恶心起来，酒力上了头。岛村自知脸色发青，便闭起眼睛躺了下去。驹子慌忙过来服侍，不久，贴着女人热烘烘的身体，岛村像孩子似的感到泰然。

驹子羞答答的，举止就像一个没生育过的少女抱着别人的娃娃，抬头望着孩子的睡脸。

过了一会儿，岛村突然开口说：

“你是个好姑娘。”

“好什么？好在哪儿？”

“是个好姑娘嘛。”

1　引自《箱根灵验躄仇讨》剧中胜五郎之妻初花的台词名句。此处含调侃之意。

“是吗？你这人真讨厌。说些什么呀？振作一些吧。”驹子扭过脸去，一面摇着岛村，断断续续地埋怨他几句，便一声不响了。

少顷，她独自含笑道：

“这么着不好。我心里很难过,你还是回去吧。替换的衣服也没有了。每回上你这儿来，都想换一件陪酒穿的衣服，可是也再没的可换了，身上这件还是向朋友借的呢。我这人很坏，是不？”

岛村无言以对。

“我这种人，有什么好？”驹子声音有些哽咽，“初次见到你时，我曾想，这人多讨厌呐。哪有说话这么不礼貌的？那时真觉得挺讨厌的。”

岛村点了点头。

“嗳呀，这话我可一直没告诉你，你懂吗？一个人让女人这么说他，岂不完了？”

“我不在乎。”

“真的？”驹子仿佛在回顾自己的过去，默然有顷。她把女性生命的温暖传给了岛村。

“你是个好女人。”

“怎么好法？”

“就是好女人嘛。”

“真是个怪人。”害羞似的缩起肩膀，把脸藏了起来。蓦地不知想起什么，支起一只胳膊，抬起头问：

“你这话是什么意思？告诉我，指的什么？”

岛村一愣，望着驹子。

“告诉我呀。就因为这，才老往这儿跑的吗？你是笑话我，对吧？你到底还是笑我了。”

驹子面孔涨得通红，眼睛瞪着岛村责问。激愤得肩膀也直哆嗦。铁青着脸，扑簌簌地掉下泪来。

“真窝心！啊，太窝心了！”一骨碌出了被窝，背对岛村坐着。

岛村这才明白驹子误会了自己的意思，心里一怔，可是仍闭着眼睛不作声。

“真叫人伤心呀。”

驹子一个人喃喃自语的，身子缩成一团，趴在席子上。

大概是哭够了，拿银簪扑哧扑哧在席子上扎了半天，突然站起来走出房间。

岛村无法去追她。听驹子这么一说，心里十分内疚。

可是，驹子旋即又轻手轻脚地走回来，在纸拉门外娇声叫道：

“嗳，洗澡去吗？”

“唔。”

“别介意呀。我又想通了。”

躲在走廊上，站着不肯进来，岛村便拿了毛巾出去。驹子怕碰见他的目光，略微低着头走在前面。就像一个犯了案的罪人，给逮走的样子。洗过澡，身体暖和了，人又嘻嘻哈哈起来，看着叫人怪心疼的，她哪还能睡得着。

第二天清早，岛村给唱谣曲的吵醒了。

静静地听了一会儿，驹子从梳妆台前回过头来，嫣然一笑，说道：

“是梅花厅的客人。昨晚宴会后不是叫我去了吗？”

“是谣曲会的团体旅行吧？”

“嗯。”

“下雪了吗？”

“可不。”驹子站起来，哗啦一声拉开纸窗。

“红叶也快完了。”

窗外是一角灰暗的天空，鹅毛大雪飞飞扬扬，飘洒进来。四周简直静得出奇。岛村睡意未消，茫然望着窗外。

唱谣曲的人又敲起鼓来。

岛村想起去年年底，那面映着晨雪的镜子，便向梳妆台望去。镜中那冰冷的雪花，显得分外大。驹子敞开衣领在擦脖子，四周闪过一道道白光。

驹子的肌肤，白净得像刚洗过一样。想不到她这人，竟会因岛村偶然的一句话，造成那样的误会。于此也可看出她内心难以抑遏的悲哀。

远山的红叶已呈锈色，日渐黯淡，因了这场初雪，竟又变得光鲜而富有生气。

杉林覆盖着一层薄雪，一棵棵立在雪地上格外分明，峭楞楞的指向天空。

雪中绩麻，雪中纺织，雪水漂洗，雪上晾晒。从绩麻到织布，都在雪中完成。所以古书上写道：有雪才有绉布，雪为绉布之母。

在漫长的雪季，织这种麻绉是农妇村姑的手工艺。岛村在估衣铺里搜求过这种雪国产的麻绉，用来做夏服穿。因舞蹈方面的关系，他认识经营古典戏装的旧货店，甚至托他们，但凡有什么好货色，便留给他看看。他喜欢这种麻绉，有时也做成贴身的单衣。

据说，从前每逢拆下挡雪帘子，到了冰雪解冻的春天，便是麻绉上市的季节。收购麻绉的商贾，从东京、大阪和京都远道而来，甚至有固定的常住旅店。姑娘们辛苦半年，精心织的麻绉，也为的是赶这个一年中的头一个集市。远村近郭的男男女女都云集于此,耍把戏的、卖东西的，摊头鳞次栉比，就跟城里庙会一般热闹。绉布上拴着纸签，写着织布人的姓名、住处，按着布的成色定为一等、二等。这也成了挑选媳妇的标准。得从小学起，若非十五六至二十四五的年轻姑娘，是绝对织不出好绉布来的。年纪一大，织出来的绉布就缺少光泽。姑娘们要想成为数一数二的织布能手，势必得下番苦功，磨炼自己的手艺不可。每年旧历十月开始绩麻，到第二年二月中晾完。隆冬雪天，别无杂事，才能专心致志于这门手艺。产品中，自是凝聚了织女的一番心血。

岛村穿的麻绉中，说不定就有明治初年，甚至更早的江户末年的姑娘织的料子呢。

直到现在，岛村还把自己的麻绉拿出去“晾雪”。把不知从前是什么人穿过的旧衣服，每年送到产地去晾，固然是件麻烦事，但是想到姑娘们当年在大雪天里，那么兢兢业业，便不由得想要送到织女所在地去好好晾晾。白麻，晾在深厚的雪地上，映着朝阳，染上一层红色，浑然分不出是雪，还是布。每当想起这一情景，夏天的污秽便好像已涤荡无遗，自己的身体也像晾晒一遍，觉得那么舒适。不过，晾晒之类，都由东京的估衣店代办，至于古代晾法，究竟有没有传下来，岛村便不得而知了。

不过，晾麻店是自古就有的。织女很少自织自晾的，大抵都送到晾麻店去。白绉布是先织后晾，而带色的，则在纺成麻纱之后，便先期晾在绷架上。白绉布是直接铺在雪地上晾，从旧历正月晾到二月。所以，据说有时就把盖着积雪的田地当成晾麻的场所。

无论是布还是纱，都要在灰水里浸上一夜，第二天早晨用清水漂过几道，绞干再晾。如是者，反复几天。待到白绉晾晒接近完工时，遇到一轮朝日照在上面，红彤彤的景色，蔚为壮观，无可形容。难怪古人在书上写道：但愿南国庶众，也能一饱眼福。而晾事一了，便预示着雪国之春即将来临。

绉布的产地离这个温泉村很近。就在山峡渐渐开阔、河川下游的平原上，从岛村的房间似也隐约可见。从前有绉布市集的村镇，现在都修了火车站，成了有名的机织工业区了。

但是，无论穿麻绉的盛夏，抑或织麻绉的寒冬，岛村都没有来过这个温泉村，所以也就无从和驹子提起麻绉的事。而且，他也不是专门探求古代民间工艺遗迹的那种人。

然而，在澡堂里听见叶子的歌声，岛村忽然想到，倘如这姑娘生在古时，在纺车和织机旁准是也这么唱歌的。叶子的歌声，富于那种古朴的情调。

麻纱比毛发还细，如果不借助天然冰雪来回潮一下，便更难处理，据说在阴冷季节最为合适。古人说，数九寒天织的布，三伏天穿着最为凉爽，此乃阴阳和合，自然之道。即便是缠着岛村不放的驹子，身上似乎也有着某种凉意。因此，她热情奔放之时，岛村便格外怜惜。

但是，这种情爱，远不如一匹麻绉那么实在，麻绉还能以确切的形式保存下来。在工艺品中，穿着用的布匹寿命最短，但只要保存得好，即便是五十年前的麻绉，都不褪色，仍旧可穿。然而，人间情爱竟不及麻绉来得持久。岛村茫茫然想到此处，脑海里蓦地现出驹子日后给人生儿育女，做了母亲的模样。他倏然惊觉,向四周打量了一下。心里想,可能是太累了。

他这次逗留这么久，好像把妻儿家小都给忘记了。倒也不是因为难舍难分，只是盼望驹子时时前来相会，已经成了习惯。驹子越是这样苦苦追求，岛村越是责备自己，难道自己已经心如死灰了吗？也就是说，明知自己寂寞，却又不思摆脱。驹子闯入自己的心灵，岛村觉得很不可思议。她的一切，岛村都能理解，而岛村的一切，驹子似乎毫无所知。驹子撞上一堵虚无的墙壁，那回声，岛村听来，如同雪花纷纷落在自己的心坎上。岛村毕竟不可能由着自己的性儿，永远这样下去。

他觉得，这次回去，怕是一时不会再到这温泉村来了。雪季将临，已经笼上了火盆，岛村靠在火盆边上。方才旅馆老板特地送来一只京都产的古色古香的铁壶。壶上镶着嵌银的花鸟图案，十分精巧。这时壶水发出柔和的声音，有如松涛细响一般。声音分成远近二重，那远的，在松涛之外，仿佛另有只小铃铛，隐隐约约响个不停。岛村把耳朵贴近水壶去谛听那铃声。忽然看见驹子的一双小脚,迈着如铃声一般细碎的步子,从那铃声悠扬的远方走来。岛村一惊之下，决意非尽快离开这里不可了。

于是,岛村便想到麻绉产地去看看,并打算趁此机会,离开这温泉村。

河的下游有好几处村镇，岛村不知该去哪儿好。他不想去看现在已经发展成机织工业的大镇，宁愿在一个冷清的小站下车。走了片刻，便到了一条像似从前的客栈街。

家家的屋檐都伸出一大块，支撑檐头的柱子，沿路竖了一长排。类似江户城里的骑楼。而这里自古叫“雁木”，雪深时便成了人行道。路的一侧，房屋鳞次栉比，上面的屋檐彼此相连。

因为家家屋檐相连，顶上的积雪只能扫到路中间，否则无处可堆。

路上已经堆成一条雪堤。所以，实际上是把雪从屋顶上扫到路中间的雪堤上。要过马路，须打通雪堤，开出许多洞才行。当地叫作“胎里钻”。

虽然同是雪国，但驹子所在的温泉村，屋檐并不相连，所以岛村到了这个镇上，才头一次见到“雁木”。他稀奇得不得了，在那下面走了一遭。古老的屋檐，遮得下面很暗。倾圮的柱脚，已快朽烂。他觉得好像在窥探这世世代代埋在雪中阴森忧郁的人家似的。

织女们在雪下苦心孤诣从事手工劳作的生涯，绝不像她们织出的麻绉那么清爽明丽。这个十分古老的村镇给他的印象，足以使他这么认为。记载有关麻绉的古书里，曾引用中国唐朝秦韬玉的诗，而当时之所以无人肯雇织女织布，据说是因为织一匹麻绉，既费工又费钱，得不偿失。

如此辛劳的织女，没留下名字便已故去，只有美丽的麻绉留存下来。夏天穿着感觉凉爽，于是便成为岛村这类人的奢侈衣物了。这本来是毫不足怪的事，岛村忽然觉得不可思议起来。那一往情深的爱的追求，有朝一日，难道竟会变成对所爱的人的鞭笞吗？岛村从雁木下走到马路上。

这条街又直又长，当年街上客栈云集。大概一直通到温泉村，是条由来已久的街道。屋顶由木板葺成，上面压着板条和石块，同温泉村毫无二致。

屋檐下的柱子，投下一抹淡淡的影子。不知不觉间已近黄昏。

看无可看了，岛村便又乘上火车，到了另一个村镇。样子和前一个镇子差不多。他随便闲逛了一会儿，吃了一碗面，好压压寒气。

面馆儿靠近河边，想必这条河也是从温泉村流过来的。三三两两的尼姑，先后从桥上走过。都穿着草鞋，有的身背圆斗笠，好像是托钵归来的样子，给人以乌鸦急急还巢的感觉。

“走过去的尼姑好像不少哩？”岛村问面馆儿的女人。

“敢情，山里有座尼姑庵。过几天一下雪，再下山，就难了。”

暮色渐浓，桥那边的山显得白蒙蒙的。

这一带，一到叶落风寒，便连日阴天，冷飕飕的。这是下雪的兆头。远近的高山白蒙蒙一片，这叫作“山戴帽”。近海的地方，会有海啸；山深之处，则有山鸣，地动山摇，这便是“地打雷”。但凡看见“山戴帽”或听见“地打雷”，便可知道大雪将临。岛村想起古书上是这么写的。

岛村早晨躺在床上，听赏红叶的游客唱谣曲的那天，下了头场雪。今年难道已经海啸山鸣过了吗？岛村独自一人羁旅在温泉村，不时地与驹子相会，难道是耳朵变得出奇地灵敏吗？单单是想那么一下海啸山鸣，耳内便仿佛隐隐然响起一阵轰鸣。

“这往后，尼姑她们过冬该闭门不出了吧？有多少人呢？”

“嗯，恐怕不少呢。”

“净是些尼姑在一起，大雪封山的这几个月，都做些什么呢？从前这里出产的那种麻绉，要是庵里能织织倒不错。”

好事的岛村说的这番话，面馆儿女人听了只是淡淡一笑。

回去时，岛村在车站上差不多等了两个小时的火车。惨淡的夕阳已经西沉，寒气渐渐袭人，仿佛连星光也冷得格外璀璨。脚上冻得冰凉。

岛村毫无目的地跑了一趟，又回到了温泉村。车子开过平交道，到了神社的杉林旁的时候，眼前一户人家灯火明亮，岛村松了一口气，那是菊村小饭馆，三四个艺伎正站在门口聊天。

岛村还没来得及想驹子也许会在这里，一眼便看见了她。

车速突然慢了下来。恐怕司机对岛村和驹子的关系已有所知，所以无意中开得很慢。

岛村蓦地回头，朝后面望去，正好背着驹子的方向。自己乘的这辆汽车，在雪上分明留下两行车辙，想不到在星光下，竟能看得老远。

车子到了驹子面前，好像一眨眼的工夫，驹子猛地跳上汽车。汽车没有停，照旧慢吞吞地爬上山坡。驹子的身子缩在车门外的踏板上，抓着门把手。

那势头像是跳上来就给吸在上面似的。岛村感觉上恍如有个温暖的东西轻轻挨了过来，丝毫不觉得驹子的举动有什么不自然或危险之处。驹子像要抱住车窗，举起一只胳膊，袖子滑了下去，长衬衣的颜色，隔着厚厚的玻璃，映入岛村冻僵的眼帘。

驹子将前额贴在玻璃窗上，高声喊着：

“你到哪儿去啦？告诉我，到哪儿去啦？”

“多危险呀？不要胡来！”岛村也大声答道，这样闹着玩也不无甜情蜜意。

驹子打开车门，侧着身子钻了进来。这时车刚刚停下，已经开到山脚下了。

“告诉我，你到底去哪儿了？”

“嗯，没去哪儿。”

“哪儿？”

“没到哪里去。”

驹子用手理了一下衣摆，举止间艺伎的风情十足，岛村看着忽然觉得很稀奇。

司机坐着一动不动。岛村发觉车子停在路的尽头，这么坐在车里，觉得很可笑，便说：“下车吧。”

驹子把手放在岛村搁在膝盖上的手上说：

“哟，好凉！这么凉！怎么不带我去呢？”

“是啊。”

“什么呀？你这人真怪。”驹子高兴地笑着，登上陡峭的石级小路。

“我看见你走的。好像是两点，要么就是还没到三点。”

“嗯。”

“听见汽车声，我就跑出来了，跑到门口看你来着。你没回头往后看吧？”

“是吗？”

“没看。你为什么不回头看看呢？”

岛村一愣。

“你不知道我在送你吗？”

“不知道。”

“瞧你这人！”驹子依旧高兴地抿嘴笑着，把肩膀靠了过来。

“怎么不带我去呢？越来越冷淡了，真可气。”

突然响起了警钟。

两人回头一看，喊道：

“失火了，失火了！”

“是失火了。”

火焰从下面的村中升起。

驹子叫了两三声，抓住岛村的手。

黑烟滚滚，火舌时隐时现。火势向四面蔓延开来，舐着房檐。

“是哪儿？是不是你原先住过的师傅家附近？”

“不是。”

“那是哪儿？”

“还要过去些，靠近火车站。”

火焰穿出屋顶，冲向天空。

“嗳呀，是茧仓。是茧仓呀。嗳呀，嗳呀，茧仓烧起来啦。”驹子不住地喊着，脸颊靠在岛村肩上。

“茧仓，是茧仓。”

火势越来越猛，但从高处望去，辽阔的星空下，一片寂静，火灾如同儿戏一般。然而，又好似听到烈焰熊熊的声音，有些凄厉可怖。岛村搂着驹子。

“没什么好怕的。”

“不,不,不！”驹子摇着头哭起来。脸庞在岛村手里显得比平时还小。绷紧的太阳穴颤个不停。

看见失火就哭了起来，但她为什么哭呢？岛村也不去多想，只是搂着她。

驹子忽然止住了哭泣，抬起脸说：

“呀，对了。茧仓里今儿晚上放电影。里面挤满了人。你看……”

“那可不得了。”

“准有人受伤，会烧死人的呀！”

听见上面人声嘈杂，两人急忙跑上台阶。抬头望去，高处旅馆的二三楼，差不多的房间都开着纸拉门，人都跑到亮堂堂的廊下看火烧。院子的一边，种了一排菊花，枝叶已经枯萎，也不知是旅馆的灯火，抑或是天上的星光，照得花叶轮廓分明，使人以为是火光照亮的。菊花的后面也站着人。有三四个茶房等人，从他俩头的上方连跑带颠地下来，驹子大声问：

“喂，是茧仓吗？”

“是茧仓。”

“有人受伤吗？有没有人受伤？”

“正在往外救呢。是影片拷贝忽地一下着了火，烧得很快。刚在电话里听说的。你看！”茶房迎面一边说，一边扬起胳膊一指，跑了下去。

“听说正把孩子一个个从楼上往下扔呢。”

“嗳呀呀，那可怎么办？”驹子好像追着茶房，走下石阶。后下来的人，都赶过她，跑到前面去了。驹子随着跑了起来。岛村也跟着追去。

石阶下面，因为有房屋遮挡，只看见火苗。这时，火警又震天价响，使人愈发惶惶不安，奔跑起来。

“雪都冻上了，当心点，滑着呢。”驹子回头冲着岛村说，趁势收住了脚步。

“噢，对了，你算了吧，甭去了。我是因为惦记村里人。”

经她一说，倒也对，岛村不由得松了劲儿，一看脚下正是路轨，已经到了平交道了。

“银河，多美呀！”

驹子喃喃自语，望着天空，又跑了起来。

啊，银河！岛村举头望去，猛然间仿佛自己飘然飞入银河中去。银河好像近在咫尺，明亮得似能将岛村轻轻托起。漫游中的诗人芭蕉[1]，在

1　即日本俳圣松尾芭蕉（1644—1694）。此处意指其《奥之细路》中的名句：荒海怒涛鸣，佐渡孤影万斛愁，银河遥相望。

波涛汹涌的大海上所看到的银河，难道也是如此之瑰丽，如此之辽阔吗？光洁的银河，似乎要以她赤裸的身躯，把黑夜中的大地卷裹进去，低垂下来，几乎伸手可及。真是明艳已极。岛村甚至以为自己渺小的身影，会从地上倒映入银河。是那样澄明清澈，不仅里面的点点繁星一一可辨，就连天光云影间的斑斑银屑，也粒粒分明。但是，银河却深不见底，把人的视线也吸了进去。

“喂——，喂——”岛村喊着驹子。

“嗳——，快来呀——”

驹子向银河低垂处，暗黑的山那边跑去。

好像提着下摆，随着手臂来回摆动，红衬衣的底襟便忽长忽短地时时露出来。从那星光辉映的雪地上，可以知道是红色的。

岛村拼命追上去。

驹子放慢脚步，松开下摆，拉着岛村的手说：

“你也去吗？”

“去。”

“你真好事。”她提起拖在雪地上的下摆，说：

“人家要笑我的，你回去吧。”

“好吧，就到前面。”

“那多不好，去火场还带着你，叫村里人看着，成什么样子。”

岛村点点头站住了，可驹子仍轻轻抓着岛村的袖子，慢慢地又走起来。

“在什么地方等我一下吧。我马上就回来。哪儿好呢？”

“哪儿都行。”

“好吧，再过去一些。”驹子瞅着岛村的面孔，忽然摇摇头说：

“烦死我了。”

驹子的身子猛可地撞了过来，岛村踉跄了一下。路旁的薄雪上，露出一排排大葱。

“太可恨啦。”驹子急急地找碴儿说，“你说过，我是个好女人，是吧？你走都要走了，为什么还说这种话？你倒是说呀！”

岛村想起驹子那时用簪子哧哧地扎着席子。

“当时我哭了，回去以后，又哭了一场。我真怕和你分手。不过你还是快些走吧。给你说哭了，这事我可忘不了。”

一句话，造成一场误会，驹子竟会刻骨铭心，岛村回味之下，因惜别伤离在即，不免心痛如绞。突然火场上人声鼎沸。新冒出的火舌，喷出了很多火星。

“嗳呀，火又大起来了，火苗蹿出那么高。”

两人这才松了口气，得救似的又跑了起来。

驹子跑得很快，木屐如飞，掠过冰冻的雪地。手臂与其说是前后摆动，还不如说是在两旁舒展着，上身憋足了劲。岛村心想，原来她身材竟这么小巧。岛村体格略胖，一面看着驹子的背影一面跑，很快便感到吃力了。驹子也一下子喘不过气来，跌跌撞撞地倒向岛村。

“眼睛冻得都要淌眼泪啦。”

脸颊发热，眼睛却是冰冷的。岛村的眼睑也湿润了。眨了眨，顿时泪眼模糊，银河满目。岛村极力忍住，不让泪花儿流下。

“天天晚上银河都是这样的吗？”

“银河？真美呀！不会夜夜都如此吧？好晴的天呀。”

银河的光从两人跑来的身后，流泻到他们前面，驹子的面庞好似映在银河里。

可是，纤细而笔挺的鼻子，轮廓模糊，小巧的双唇，也失去了色泽。岛村不能相信，那横贯长空的光层，竟会这样幽暗。星光似比薄明的月亮更加淡薄，银河却比任何满月的夜空还要明亮。大地朦朦胧胧，阒无人影，驹子的脸像个旧面具似的浮现起来，散发出女性的芬芳，真是不可思议。

仰望长空，银河好似要拥抱大地，垂降下来。

银河犹如一大片极光，倾泻在岛村身上，使他感到仿佛站在地角天涯一般。虽然冷幽已极，却是惊人的明丽。

“你走了，我要正正经经地过日子了。”驹子说着又走起来，拿手拢了拢蓬松的发髻。走了五六步，回过头来。

“怎么啦？你真是的。”

岛村仍是站着不动。

“嗯？那就等我一下吧。待会儿一起去你房间吧。”

驹子招了招左手，便跑开了。她的背影，好像给吸进黑黝黝的山底。银河在峰峦起伏的尽头，展开她的裙裾，反过来，似乎又从那里向天空灿穿四射。山容益发显得黑沉沉的。

岛村开始走了起来，不久，街道的房子便遮住了驹子的身影。

传来一阵“嗨哟！嗨哟！嗨哟！”的吆喝声，看见有人拖着抽水机从街上过去。好像接连不断跑过很多人。岛村也赶忙走到大街上。两人来的小路，通到大街，正成一个丁字形。

又过来一台抽水机。岛村让开路，跟在后面跑着。

是台手压的老式木头抽水机。除了一队人拖着长长的绳索走在前面外，抽水机周围还围了一圈消防队员，抽水机却小得可怜。

驹子也闪在路旁，让抽水机先过去。看见岛村，便跟着一起跑。站在路边给抽水机让路的人，像给抽水机吸引过去似的，都跟在后面跑了起来。现在他们两人，不过是随着人群跑向火场罢了。

“你也来啦？真好事。”

“嗯。这抽水机靠不住吧？还是明治维新前的哩。”

“可不。别摔着。”

“好滑。”

“是呀。以后，整夜刮暴风雪时，你该来看一次。来不了吧？那时，山鸡啦，野兔啦，全躲到人家家里来。”驹子说得高兴起来，那声音杂在消防员的吆喝声和人们的脚步声里，显得又响亮又起劲。岛村也一身轻松起来。

已经听得见火焰噼噼啪啪的声音。眼前火势很猛。驹子抓着岛村的胳膊肘。街上又低又黑的屋顶，在火光的明灭中，时隐时现。水龙的水从路上流到脚下。岛村和驹子很自然地停住脚步，站在人墙后。火烧的焦味混合着煮蚕茧的臭气。

人群里到处在高声议论，说的事都大同小异。什么影片拷贝起的火啦，把看电影的孩子一个个从楼上扔下来啦，没有人受伤啦，幸好村里现在没把蚕茧和大米放在里面啦，等等。可是，面对烈火，大家只有沉默的份儿，不论远近都失去了主宰，唯有这一片寂静笼罩着火场。好似人人都在倾听着火声和抽水机声。

村里不时有人姗姗来迟，四处喊着亲人的名字。听到有人答应，互相便高兴得叫起来，只有这些声音，才是生气勃勃的。火警的钟声已经停了。

岛村怕引人注目，便悄悄离开驹子，站在一群孩子的后面。因为烟火烤人，孩子们向后退去。脚下的积雪松软了一些。而人墙前面的雪，因为火烤水浇已经融化，杂沓的脚印踩成一片泥泞。

茧仓旁正好是块田，和岛村一起跑来的村里人，大都站在田里。

火大概是在摆放映机的房门口烧起来的。茧仓的半边屋顶和墙壁已经烧掉，柱子和房梁还竖在那里冒烟。除了木板顶、墙板和地板之外，茧仓里空空的，所以里面的烟并不怎么大。屋顶上浇了很多水，看样子烧不起来了，但火还在蔓延，在意想不到的地方又会冒出火苗来。三台抽水机赶忙去浇，于是忽地一下，火星四溅，冒出一股浓烟。

火星溅落在银河里，岛村好像又给轻轻托上银河似的。黑烟冲向银河，而银河则飞流直下。水龙没有对准屋顶，喷出的水柱晃来晃去，变成一股白蒙蒙的烟雾，宛如映着银河的光芒。

驹子不知什么时候靠了过来，这时握住岛村的手。岛村转过头去看了一眼，没有作声。驹子神情专一，两颊绯红，只管望着火。火光起伏，在她脸上摇曳。一阵激情顿时涌上岛村的心头。驹子的发髻松了，伸着脖子。岛村倏地想伸过手去，但是指尖簌簌颤抖。他的手发热，驹子的手更烫。不知怎的，岛村感到别离已经迫在眼前。

房门口的柱子还是别的什么火又烧了起来。水龙一齐喷射过去，屋脊和横梁嘶嘶冒着热气，随即倾坍下来。

突然，围看的人群“嗳呀”一声，倒抽一口冷气，只见一个女人落了下来。

茧仓兼做戏园，二楼尽管徒具形式，却也设有座位。虽说是二层，其实很低，从楼上掉到地上，照理只是转瞬之间的事，但时间长得好像足以让人看清掉下来的姿势。也许那样子很怪，跟木偶似的。所以，一眼看去便知道，她已经不省人事了。掉在地上没有声音。地上是一汪水，所以，没有扬起尘土。人正落在新蔓延的火苗和余烬复燃的死火之间。

一条水龙对着余烬的火苗，喷出一道弧形的水柱。就在水柱前面，忽然现出一个女人的身体，便那么落了下来。她在空中是平躺着的，岛村顿时怔住了，但猝然之间，并没有感到危险和恐怖。简直像非现实世界里的幻影。僵直的身体从空中落下来，显得很柔软，但那姿势，如同木偶一样没有挣扎，没有生命，无拘无束的，似乎生死均已停滞。要说岛村闪过什么念头，便是担心女人平躺着的身体，会不会头朝下，或腰腿弯起来。看着像会这样，结果还是平着掉了下来。

“啊——！”

驹子划然尖叫一声，捂上眼睛。岛村的眼睛则一眨也不眨地凝视着。

掉下来的是叶子。岛村是在什么时候知道的呢？人群的惊呼和驹子的尖叫，实际上好像发生在同一瞬间。叶子的小腿在地上痉挛，也在那一瞬间。

驹子的尖叫，直刺岛村的心。看着叶子的小腿痉挛，岛村的脚尖也都跟着发凉，抽搐起来。在这令人难耐的惨痛和悲哀的打击下，他感到心头狂跳。

叶子的痉挛微乎其微，简直觉察不出来，而且马上便停住了。

在叶子痉挛之前，岛村先已看见她的脸庞和红色箭条花纹的衣服。叶子是仰面掉下来的。衣服的下摆一直翻到一条腿的膝盖上面。碰到地上，也只有小腿痉挛了一下，整个人仍是神志不清的样子。不知为什么，岛村压根儿没想到死上去，只感到叶子的内在生命在变形，正处于一个转折。

叶子掉下来的二楼看台上，接连又倒下两三根木头。在叶子的脸部上面燃烧起来。叶子闭上了那顾盼撩人的眼睛。翘着下巴，仰着脖子。火光在她苍白的脸上闪过。

岛村蓦地想起几年前，到这个温泉村与驹子来相会的途中，在火车上看到叶子的脸在窗上映着寒山灯火的情景，心头不禁又震颤起来。一刹那顷，仿佛照彻了他与驹子共同度过的岁月。那令人难耐的惨痛和悲哀，也正存乎其间。

驹子从岛村身旁冲了过去。这一举动和她划然惊叫、捂上眼睛，几乎就在同一瞬间，也正是人群“嗳呀”一声，倒抽一口冷气的时刻。

烧得黑糊糊的灰烬浇了水，七零八落地掉了满地。驹子托着艺伎的长下摆，磕磕绊绊地跑了过去。她把叶子抱在胸前，想往回去，脸上现出用劲的样子。而叶子垂着头，脸上像临终时那样漠然，毫无表情。驹子如同抱着她的祭品或是对她的惩戒。

人墙开始溃散，你一言我一语，拥上去围住她俩。

“让开！请让开！”

岛村听见驹子的叫声。

“这孩子，疯了，她疯了！”

驹子发狂似的叫着，岛村想走近她。但被那些要从驹子手中接过叶子的男人家，挤得东倒西歪的。当他挺身站住脚跟时，抬眼一望，银河仿佛哗地一声，向岛村的心头倾泻下来。

（一九三五 —— 一九四七年）

附录

かいせつ

川端康成解读

高慧勤

川端康成是位难以把握的作家。——日本一位著名评论家这么说。

他创造的艺术世界，意蕴是那么朦胧，情境又那么飘忽，颇有些令人费解处。

倘说他是美的追求者，他在作品里却时时表现美的毁灭，美与死亡常常结下不解之缘。

倘说他是女性的膜拜者，有时又不那么热切，甚至还投去冷漠的一瞥。

倘说他是官能的崇尚者，却只是发乎情而止乎憧憬，还以遐想的成分居多。

在纷繁的人世，他是孤独的，悲哀的。在他构筑的艺术殿堂里，你看到的是一幅幅忧伤的浮世绘。

浮世绘，是江户时代（1600—1867）的市民艺术。其中“浮世”二字，原初写作“忧世”，意谓“世道多忧”，系佛家用语。后来才转指无常、虚幻而短暂的现世。所以，浮世绘所表现的，大率皆市民阶层的世态风俗和现世欢情。画师们以新鲜的感觉，观照自然人生，率真地表现主观意象。那春愁缭乱的痴男怨女，那揽镜自怜的青楼艺妓；雨夜里啼月的杜鹃，暮色中积雪的山径；春日的飞花，秋天的落叶……构成一片清幽淡雅的世界；那色彩，绚丽中带些枯涩，明艳中流露出衷伤，点染出一派十足的日本风情。

川端康成的文学，不也展现了这种景象，这种意绪？而浮世绘，在十九世纪法国自然主义作家和印象派画家看来，正是最能代表日本情趣、体现日本美学的艺术。

在《独影自命》一文中，川端曾表示，“决心要成为日本式的作家”，很早便以继承日本的美学传统“自期”。作为唯美派作家，川端之前，代有才人，若永井荷风、谷崎润一郎、佐藤春夫辈；在他之后，似乎除了因“殉教”而剖腹自杀的三岛由纪夫，便音沉响绝。作为现代派作家，川端正是日本的开山祖师之一，与同时代的横光利一、中河与一、稍后的堀辰雄等，成为战后野间宏、中村真一郎、大冈升平、大江健三郎、古井由吉、黑井千次等一大批现代派作家的先导。川端康成恰好站在这个分水岭上，或者说是交汇点上，集唯美派与现代派于一身。唯美主义与现代派的美学追求似乎是牴牾而背悖的，而在川端那里却相得而益彰。所以，他是独特的，师心自用的，令人刮目相看的。

“天涯孤儿”

三岛由纪夫曾说，川端康成是“永远的旅人”。

诚然——“永远的旅人”。但岂止是永远的，抑且是孤独的……

川端康成确乎性喜旅行。“一月当中，望有十天能外出旅行”，“凡事都愿在旅行中做掉”[1]。果然，他的重要作品，据说半数以上都写于行旅途次。例如，《伊豆舞女》，写于风光明丽的伊豆半岛；《雪国》秉笔于多雪的北国汤泽温泉；记京都风物人情之胜的《古都》，就作于流连京都之时。沿途的

1　《我的生活》，《川端康成全集》新潮社 1982 年版第 33 卷第 58 页。以下凡引《川端康成全集》均简称全集。

景物，观赏之余，不仅能使他心理趋于平衡，更能启发他的文思。坐在旅馆一隅，“便能忘怀一切，兴起尖新活泼的灵感”。

一般说来，难离故土，心念家园，是人之常情。但川端康成算是例外，他“没有家庭观念”，即便婚后，也不知有多少次，为不能旅行而“常常怨恨束缚手脚的家庭和需要赡养的妻小”。尽管故乡生他育他庇护他，使他从心底感到亲切温馨，可是“放浪无赖”的他，却愿浪迹天涯，纵横海内。处处是家，又处处是他乡。他仿佛一个朝圣者，怀着追寻远方梦境的心情，遍寻“日本的故乡”。惟有在漂泊之中，才更能感触到那“自古以来日本的乡愁”[1]。而这种漂泊，对川端康成具有更多的心灵上的意味，是一种精神的修炼；既是他人生之旅，也是他艺术之道。他把徙流无定视若自己的命运，从中体验孤独与忧愁的况味，同时又具有一种肯定天地万物的品格，从大自然中获致新鲜的感动。

“天涯孤儿”，是川端康成自况之语。身在客边，自会生出乡愁旅思。这种乡愁旅思，又引发他的身世之感。情满于怀之余，兴来神往之际，便倾注笔端，洋溢乎字里行间。——这正是川端康成精神姿致的一种显现。

“天涯孤儿”一语的质直含义，便是孤儿的意识，孤儿的悲哀。幼小时的人事萧条，生死伤痛，深深融在他的情感里，精神上。孤儿的悲哀不仅构成他早期创作的基调，同时也贯穿于他“全部作品，整个生涯”[2]。因此，要想认识这位难以把握的作家，还得追本溯源，从他人生之旅的起点——他的童年谈起。

十九世纪的最后一年，一个取名康成的男孩在大阪呱呱坠地。父亲川端荣吉是个颇具文人气质的开业医生，兼能汉诗，长于绘事。可是，在川

1 《自著序跋》，全集第 33 卷第 569 页。

2 《独影自命》，全集第 33 卷第 294 页。

端康成两岁时，因患病撒手人寰；一年后，母亲又病故。幼失怙恃，被领到“大阪与京都之间的乡下故里”，由祖父母抚养。祖父母生有子女五人，都先老人而去世。所以，对这点仅存的骨血，年幼体弱的孙儿，少不得娇生惯养，“盲目慈爱”。而长年跟老人厮守一起，孩子也不免养成离群索居、落落寡合的性情。七岁上小学那年秋天，又逢祖母下世，从此便同又聋又瞎的祖父相依为命，过着凄凉寂寞的岁月。母亲临终曾留下一笔存款，由姨父按月支给，可是月不敷出，经济日渐窘困。祖孙二人孤零零住在村子一隅，与人少有来往。亲朋故旧也相继疏远。偶有稀客上门，祖父竟会感激得老泪纵横。可以想见，祖孙老小生活是何等孤单，何等惨澹，何等索漠。

祖父常年缠绵病榻，家中除一名每天来帮忙收拾的老女佣外，别无人影。放学回家，内无应门之人，更无问寒嘘暖的亲情。川端伴着风烛残年的祖父，在空阔静谧的宅子里，感到异常的孤独与寂寞。“祖父的那份孤独，似乎也传给了我”[1]，性格愈发趋于内向。《源氏物语》和《枕草子》成了他的手边书，引发他“少年不知愁”的感伤情怀。三年后，一直寄养在姨父家、终生仅见过两面的姐姐，也悄然死去。到他虚岁十六岁那年，就连祖父这惟一的亲人也归天了，将他一人撇在茫茫人海。“一股无边的寂寞，忽然袭上心头，感到自己竟是孑然一身”[2]。

祖父的死，使他无限凄惶，再也没有一个亲人可以依傍，明天将怎样过？直到这时，他才真正深味孤儿的悲哀，同时不能不引起他思考生死问题。以他当时的年纪，固然还不可能从祖父的死，参透人生的本质，进行哲理的探求，但他知道，死亡是人生无法逃避的归宿，大限到来，在劫难逃。死亡给祖父挫折失败的一生画上句号，他感到人的一切营求努力终归徒劳。

1 《无意中想到的》，全集第 28 卷第 375 页。

2 《送葬的名人》，全集第 2 卷第 78 页。

人生是多艰而悲哀的。其《十六岁的日记》，已透露这个消息。

还在祖父垂危期，川端康成预感老人为日无多，写下九天日记，记叙祖父临终前的病情。这便是十一年后发表的短篇小说《十六岁的日记》。这是川端为祖父镌刻在心版上的一篇墓志铭，也是他无所依傍的孤独内心的宣泄。

虚年十六岁实际仅十四周岁的川端，以其冷峻的目光，凝视一个生命的寂灭，谛视人生的无常。朴素平实的叙述中，交织着复杂的感情和心理，既有怜惜祖父的深情，也有少不更事、对看护病人的嫌恶。寥寥数笔，便勾勒出一个孤苦老人临终时的辛酸，通篇流溢着悲凉的情韵。这种悲凉的情韵，川端日后将其升华为一种审美要求，构成其作品的基调。这篇早年习作，川端自己十分得意，认为该算作他的处女作，“是优秀的”，“难以动摇的作品”[1]。

正当人生刚刚开始，需要温柔慈爱的年纪，死亡的阴影便不断出现在他周围，使他有种“早逝的恐惧”，担心活不过父母去世的年龄。他“少年的悲哀”，早已不是淡如轻烟、半带甜蜜的感伤，而成为一种终生的精神负累。

祖父死后，过了七七，他便抛别故乡，住到舅父家，开始寄人篱下的生涯，辗转于学校宿舍与公寓之间。十四五岁，正是性格逐渐形成的重要时期。生活的自立能力尚不具备，但自我意识却又格外强，川端原本性格内向，“在这种不幸和不自然的环境中长大”，一方面使他更加多愁善感，同时也养成他固执别扭的脾气。寄人篱下，言谈举止不免处处要察言观色，揣摸别人心思，变得十分敏感，非常神经质。对自己的境遇，总要时时细加审视。他嫌恶自己，认为自己是“吃白食，受施舍”，无人爱，也无人需要的“多

---

1 《自著序跋》，全集第 33 卷第 575 页。

余人”。他不敢坦言自己的不满，更不肯向人投去一抹乞求爱怜的目光。他失去了快乐而自由的少年的心。“离群的危机”，与人的隔绝，少年的孤独感，在他生活中发生重大变故之后，就日趋强烈，有增无已。他把自己一颗“怯懦的心，封闭在渺小的躯壳内”，养成一种“孤儿习性”。这种“孤儿习性”，扭曲了他的性格，自己也深为苦恼。他希望能摆脱孤僻，渴望得到人间的温暖、友谊和爱情。不论是谁，只要对他“表示些许好意，哪怕是那么一丁点儿，都像甘露一般润泽我的心田，使我感激涕零，成为我感情生活的滋养。”[1] 他把自己看作是一个“感情的乞儿”。

直到一九一七年，川端十八岁中学毕业后去东京，人生出现一个转机，才打开他的心扉。他考进东京一高英文专业，结识许多新朋友。友谊暖人心，他开始走出自己狭窄的天地，决心“净化和提高自己的精神境界”，深感一味戚戚于自责和反省，只能徒然消耗生命的朝气和清新。他逐渐树立起自信，相信扭曲的性格应能纠正，该当大胆攀登人生的顶峰。

一九一八年，在一高上二年级的秋天，由于厌倦学校的寄宿生活，更为了摆脱缠绕不去的苦闷——“少年时代留下的精神病患”，便独自一人去伊豆半岛旅行。“我都二十了，由于孤儿脾气，变得性情乖僻。自己一再苛责反省，弄得抑郁不舒，苦闷不堪，所以才来伊豆旅行。”[2] 这是《伊豆舞女》中的一段话，道出了作者那孤儿的悲哀和青春的忧郁。这是篇第一人称的小说，主人公少年川端，途中遇到一伙江湖艺人，彼此便结伴同行。他们心地善良，情感纯朴，待人热诚，使他体会到人情的温暖，尤其那个天真未凿的小舞女，对他表示一种温馨的情意，使他内心萌发一缕柔情。一句平平常常的话，说他“是个好人”，内心里便会有种“说不出的感激”。他

1 《佛像与轿子》，全集第 21 卷第 153 页。

2 《伊豆舞女》，全集第 2 卷第 318 页。

好似看到一线光亮，长久以来苦恼着的内心，一下子忘怀了得失。往日的执拗别扭和受人施舍的屈辱感，顿时烟消云散。“一种美好而空虚的心情油然而生，不论人家待我多亲昵，我都能安然接受”。“我任凭眼泪簌簌往下掉。脑海仿佛一泓清水，涓涓而流，最后空无一物，唯有甘美的愉悦。”[1] 小说俱系纪实，没有虚构，充满青春的诗意，抒情中透露出川端式的哀愁，但也只是淡淡的。这篇小说成为日本青春文学的杰作。

“旅情和伊豆的田园风光”，使川端抑郁的心情放松开来，柔和起来。大自然抚慰了他。从此川端几乎年年要到伊豆住上一阵，潜心写作。旅行写作，成为川端的一种习惯，也只有像他这样无家可归的孤儿，才会养成这种到处为家的习性。旅途中产生的作品，自有一种诗意的乡愁。而且，旅行也是净化感情之一途。“我曾十几次，几十次怀着生的痛苦，来到这天城山麓。”[2] 所以，川端康成把伊豆看成他的第二故乡。

第一次从伊豆旅行回来后，川端显然变得开朗得多，与同学的交往也多了起来。

然而，命运仿佛总在捉弄川端。新生活的转机才露，新的精神危机又接踵而至。

一九二〇年九月，川端康成从一高毕业，升入东京帝国大学英文系。这个英才济济的最高学府，在他面前展现一片更为广阔的天地，是他日后辉煌的文学生涯的起点。川端在念到二年级时，爱上一名十六岁的咖啡馆美少女，并订了婚。可是还未出一个月，女方突然毁约他去。川端虽多方努力，终于无可挽回。正值他青春意识刚刚觉醒，处在人生的转折时期，失恋的伤痛给他以新的打击，使他再次陷入精神危机。“内心的波澜极为强

1 《伊豆舞女》，全集第 2 卷第 324 页。

2 《少年》，全集第 10 卷第 168 页。

烈，影响我达几年之久”。其实，岂止几年，那“哀伤漂泊的思绪，不绝如缕，从未间休”[1]。

自幼所经受的丧事、孤独、失恋，种种人生的创伤，看似偶然，凑到一起，形成一股无法抗拒的力量，“影响了我对世事的看法”[2]，铸就他悲观虚无的人生态度。但，孤儿的悲哀，失恋的伤痛，悲剧性的命运，对川端康成作为小说家来说，未必就是不幸。“我人生中种种幸运的机遇，不正是因为我是孤儿才碰上的吗……”[3]少小时同衰老病弱的祖父为伴，内心的孤寂驱使他去亲近自然。常常一人跑到空寂的山陬，眺望风景。并爱爬到树上，放声朗读《源氏物语》《枕草子》等古典名篇，感到无可言喻的美。有时到河边看千帆驶过，倾听水拍船舷、风吹帆篷的声响，沉醉于午后水色的变幻、芦苇摇曳的姿致……每一瞬间的变化，都给他带来新的惊喜。住到舅父家后，清早到野外去看日出，走在田间小径上，芊芊芳草，露珠犹零，仿佛分外柔嫩。中学住校时期，晚上靠窗躺在床上，望着清冷的冬月，沐着月光睡去，觉得简直是种幸福。后来发现旅行这胜事，在羁旅中体味乡愁，获得情感的补偿。天上的日月星辰，地上的山川草木，总之，大自然的一切，都能给他喜悦与安慰。亲近自然，一方面培养他的感受力，丰富他的幻想力，同时也孕育了他的诗人气质。

川端康成上中学后，便立志要当作家。这既是少年人的人生志向，同时也缘于内心体验的表现欲望。“人禀七情，应物斯感”，他需要宣泄自己满溢的情感，不由自主地要表现自己独特的感受。于是，文学便成为诱发他青春梦想的最好方式。他的诗人禀赋，便把他人生中的种种不幸，孤独

1 《文学自传》，全集第 33 卷第 96 页。

2 《现在与今后》，同上书，第 17 页。

3 《无意中想到的》，全集第 28 卷第 376 页。

和哀愁，统统化为一种调动“创造潜能”的审美心理，成为他受用无穷的创作源泉。

感觉与表现

二十世纪二十年代，第一次世界大战后，在欧洲兴起的未来主义、表现主义、达达主义等文艺思潮，被相继介绍进日本，推动行动主义绘画、表现主义戏剧等现代艺术的萌现。当时，川端康成正沉湎于失恋的痛苦与生活的窘困之中。

且看他日记中的自白：往事不可追，“只弄得我黯然神伤……那哀恋的深情，那浪漫的浓绪！只能强忍住涌上来的泪水……于她真可谓一往情深，始终不渝……”“几个月来，日夜相思，魂牵梦萦。”“命运之线，终于断了吗？可是，刻印在我心版上的她，怎能抹去？”[1] 言下颇有些失魂落魄的样子。

他把失恋的原因，归之于一直缠绕自己的孤儿习性和“境遇造成的心理缺陷”。“自责，自嘲”，“变得漠然”，“看事情的眼光也混浊不清”，最严重的后果是对自己的才干失去了信心。他要写自家的身世，写恋爱的哀史，可是陷于苦苦相思，竟致文思阻塞，笔底枯竭。雪上加霜的，是经济上也靠借当卖文度日。“二十四岁那年，最穷困不过，没有零用钱，乘不起电车，买不起邮票。一收到刊登拙作的杂志，立即卖给旧书店，换取烟钱。到七月份，一件蓝地白花的布和服还押在当铺里，无钱赎回，身上仍披着去秋穿上身的旧夹袍。底边都磨破了。友辈看不过去，送我一件单衣。因为没有像样的和服，不论去什么地方，都穿着帝大的制服，令文人雅士看了直皱眉头。”[2]

1　《独影自命》，全集第 33 卷第 340—347 页。

2　《佛像与轿子》，全集第 21 卷第 157 页。

“近来生活毫无意趣，穷窘拮据，萎靡不振，很不健全，实在厌倦之至……”[1]

不论精神状态抑或物质生活，川端都处于危机之中。为了治疗感情创伤，让交瘁的身心得以休歇，又去重访他的第二故乡——伊豆的汤岛温泉。原打算写这次失恋经过以为排遣，草就的却是一篇《汤岛的回忆》。其中一部分是对初次伊豆之行，途中遇小舞女的怀念，后来把这一节重加改写，自成一个短篇，此即被誉为日本文学史上抒情名篇的《伊豆舞女》。回忆的另一部分，是写住中学宿舍与同室清野少年的友情，颇有些同性爱的意味。川端对此也不讳言，认为留在他心上的印象，或许比小舞女还要深些。这可理解为少年时对情爱尚处懵懂阶段，孤独使他对人间爱极度渴望的一种异常表现罢了。伊豆舞女与清野少年，都在他人生失意之际，予他以真情的慰安和生活的勇气。所以，在失恋的痛苦中，怀念两位陌路知己，以求得情感上的平衡，亦是极自然的事。

川端虽然生来孱弱，多愁善感，内里却很有韧性。他差不多从来“没有自暴自弃”，给命运压垮过；对自己的行事，自己的愿望，一向都是“乐观的”。他以谦抑的宽容，原谅了昔日的意中人，没有一句责备，没有半点怨恨。“她的生活已告一段落。我对她的情意也成一段往事，事已过去，何须怨恨！”他将痛苦深埋心底，向往事默默告别，开始向未来奋进。

一九二三年元旦，川端的同学北村喜八，正为一份美术刊物撰文介绍达达主义，引起未来诺贝尔奖作家的莫大兴趣。几天以后，川端再次去北村处探讨表现主义和达达主义等新思潮。他若有所悟，在日记中写道：“刻下在开始考虑新表现和新创造问题。应当有个转变，以拓新境界。岐阜一文[2]，应尽快结束。但愿不久便能朝新方向突奔。”国外的新思潮，同他的思

1 《独影自命》，全集第33卷第336页。

2 系指描写失恋的短篇《南方的火》。

绪一拍即合，更予发扬蹈厉之力。“对象征主义，以及最近的表现主义和达达主义，都能理解，且颇有会心。”[1] 激起他若干想法，诱发他一片雄心，促使他从感情的泥淖中自拔出来，投身于文学创作事业。这一时期他的文学创作处于酝酿萌发阶段，“开始认清自己的价值，依稀看到自己的目标”。这目标，今非昔比。他不再关心旧文坛，而是一个人苦心孤诣，“找到了一种新的感觉方式”——新感觉主义！

当时，日本的文学界对历来的“私小说”“心境小说”，感到不满，纷纷进行艺术探索，作品题材和表现方法有很大突破。无产阶级作家固然以崭新的面貌崛起于文坛，就是新一代资产阶级作家也大胆打破传统的写实主义，借鉴西方现代派手法，出现了“新感觉派”以及继起的各种艺术流派。川端康成正是新感觉派的一员骁将。

一九二四年，川端大学毕业，没有去谋取职业，却会同横光利一等同窗好友，创办了一份叫《文艺时代》的刊物。刊名是川端康成拟定的，因为他认为，未来的时代是“由宗教的时代走向文艺的时代”；过去，“宗教高踞人生及民众之上，而未来的新世纪，将由文艺来占据这一位置”。[2] 这时，有一批年轻作家雄心勃勃，在西方现代文艺思潮的推动下，肩负一种使命感，向旧文学发难，旨在“打破文艺沉滞的局面”，掀起一场破坏现存文学的新感觉运动。

“我们的任务就是革新文坛的文艺，进而从根本上革新人生的艺术及艺术观。”[3] 因为，“旧有的文艺，缺乏激动现代情绪的力量”[4]，“没有新的表现，

1 《新文章论》，全集第 32 卷第 24 页。

2 《〈文艺时代〉发刊辞》，全集第 32 卷第 413 页。

3 《〈文艺时代〉发刊辞》，全集第 32 卷第 414 页。

4 《等待明天的文艺》，全集第 32 卷第 442 页。

便没有新的文艺；没有新的表现，便没有新的内容。而没有新的感觉，则没有新的表现”[1]。——川端康成乍登文坛，便振振有辞，宣告一个新的文学流派的诞生；随着一代新作家的脱颖而出，文学史也掀开了新的一页。如果说，芥川龙之介是日本传统文学的最后一位大家，那么，川端康成、横光利一等新感觉派作家便是第一代的现代派作家。新感觉派从其诞生之日起，便以其反传统特点，显示出与西方现代派文学有相通之处。

“新感觉派”的名称，是文艺评论家千叶亀雄提出的。他在《文艺时代》创刊不久，便撰文指出这批作家重视感觉和讲究技巧的共同倾向：他们对气氛、情调、情绪具有强烈的感受能力，以暗示和象征手法，通过描写瞬间感觉，仿佛从一个洞口来窥探人生的奥义。其感觉之新颖，表现之灵动，使鉴赏者感到一种惊喜与愉悦。——新感觉派的特点，确实被千叶亀雄第一个拈了出来。

千叶亀雄的命名和概括，《文艺时代》作家群基本上是认同的。不过，作为一个文学流派，还缺乏系统的理论表述和深厚的理论基础，正如川端康成所说，日本的文坛有文学史家和文艺评论家，却没有文艺理论家。新感觉主义的是是非非，虽然争论不少，但对至关重要的“感觉论”，却鲜有精辟的论述。构成感觉的生理机制是什么？感觉，同其表现的媒介——语言，是什么关系？这种语言媒介又该如何运用以表现新感觉？新感觉的本质究竟是什么？各家评论似都没有论及。但这些问题，理论上需要做出解答。川端康成便肩负起为新感觉派做理论建树的重担。故在新感觉运动的初期，川端与其说以小说家起作用，毋宁说在理论上的成就更引人注目。

他对这份工作十分热心，积极，《文艺时代》的发刊辞固然是出于他的手笔，创刊号的编辑，也是他和片冈铁兵分劳的。对川端来说，新感觉运

1 《新进作家的新倾向解释》，全集第 30 卷第 174 页。

动不仅于他本人，而且于整个文学界，都是意义深长的，“决心让这个刊物完成文学史上划时代的使命。”川端后来回顾说：“《文艺时代》那时候，我虽然为新感觉派多少做过一些论辩，但作为文艺理论来看是不足取的，那些言论是不能承当文学运动之羽翼的。”[1]平心而论，他对新感觉的解释，理论上的阐述，还是比较明确，切中肯綮的。他力排众议，在《新进作家的新倾向解释》等一系列文章里，阐述了新感觉派作家的理论根据与创作方法。

川端康成强调的重心，是新的感觉。他申明：“表现即内容，艺术即表现”[2]；因为，没有表现，无以了解作者所要传达的内容。但是，如果没有新的感觉，便不可能有新的表现，从而也就没有新的内容和新的文艺。“新酒不宜装入旧酒囊的”[3]。而新的感觉，在表现手法上自应和以往有所不同。若要表现眼睛与蔷薇这两件事物，过去说“我的眼睛看见了红蔷薇”；在新感觉派则说“我的眼睛成了红蔷薇”。眼睛与红花合二为一。

即使对自然景物的描写，也全然带上主观色彩，成为感觉的表现。单纯描写外部世界，不是他们的主张。“对现实的表象和现实的界限过分轻信，就不能产生深刻的艺术。”[4]“为了主观的需要，就须抹煞实在性。为了实现作品的总体构思，各个细部就得夸张。”[5]所以，作家要透过现实的表象，“达到现实的彼岸，去窥探灵魂的深渊”。人的本质，人物的深层心理，就得凭借作家敏锐的艺术感觉去观照和表现。至于如何观照，则依赖于作家认识世界的方法，取决于作家的思维方式，也即涉及哲学上的认识论问题。川端康成提出：“表现主义的认识论和达达主义的思维方式，便是新感觉表现

1 《独影自命》，全集第 33 卷第 434 页。

2 《新文章读本》，全集第 32 卷第 204 页。

3 同上书，第 208 页。

4 《关于表现》，全集第 32 卷第 502 页。

5 《新文章论》，全集第 32 卷第 27 页。

的理论根据”；可以说，“表现派是我们之父，达达派是我们之母”。[1]

首先，川端康成把认识世界的方式，概括为三种基本形态。假设原野上有百合花一朵，对这朵百合花，可有三种不同的认识方式：百合花之内有我吗？我之内有百合花吗？抑或百合花是百合花，我是我？以第三种态度观照世界进行写作的，是历史上的自然主义，即“古老的客观主义”。持前两种态度观照世界的，就其结果而言，可谓异曲同工；“人看花，花看人。人看花，人到花里去；花看人，花到人里来。”这是一种“新的主观主义的表现”。作家以自己的直觉、情绪、印象，捕捉瞬间的特殊状态，把现实画面拆散，改组，构筑一个感觉世界，新感觉派作家大抵是以这种方式去认识，去感觉，去表现的。而川端尤具极强的艺术敏感，擅长捕捉外界事物给他的一刹那间的感觉或意象，哪怕是细微之至的感触，都能生发成一个有声有色的艺术境界。

> 穿过县境上长长的隧道，便是雪国。夜空下，大地赫然一片莹白。

这是《雪国》开头的句子，历来为评论家一再称引，经过转译，原文的语趣难以完善传达，不过，仔细咂摸，仍能感觉到其“新”。火车驶出黑咕隆冬的隧道，出口处虽夜色深沉，但是冰原雪野，雪映寒光，顿时给人分外白分外亮之感。

> 镜子的衬底，是流动着的黄昏景色，就是说，镜面的映像同镜底的景物，恰似电影上的叠印一般，不断地变换。出场人物与

1 《答诸家之诡辩》，全集第32卷第496页。

> 背景之间毫无关联。人物是透明的幻影，背景则是朦胧逝去的日暮野景，两者融合在一起，构成一幅不似人间的象征世界。尤其姑娘的脸庞上，叠现出寒山灯火的一刹那顷，真是美得无可形容，岛村的心都为之震颤。

这也是《雪国》中一段有名的文字。描写火车在暮色中行进，玻璃窗上叶子的影像同暮景流光的重合叠印，反映在岛村意识上，既是瞬间的感觉印象，又是虚幻的美的梦境。这类镜中景，是川端康成施展多次的得意之笔。另外，女主角驹子对镜晨妆，映入镜中的红颜白雪那一段文字，也很脍炙人口。

川端康成把感觉及其表现，联系表现主义，做过理论上的阐发。他说，天地万物存在于人的主观之内，有我在，天地万物才存在。以这种心理去观照世界，用形象去把握世界，强调的是主观的悟性，崇奉的是主观的绝对性。这种凭借直觉的感觉主义，具有高度的精神性。没有这种敏锐的感觉，便无法感受并表现宇宙中飘渺变化的神秘世界。与此同时，天地万物之内渗透了主观，这是主观的扩大；只有主观自由地流动，才能赋予万物以生命和个性。万物与主观，相互渗透，浑成和谐，成为一个“自他一如”“主客一如”“万物一如”的一元世界。这是作家用心灵创造出来的艺术境界；作家对世界的观照中投入情感，“诉诸感觉”，才能捕捉到艺术生命的本质。

> 啊，银河！岛村举头望去，猛然间仿佛自己飘然飞入银河中去。银河好像近在咫尺，明亮得似能将岛村轻轻托起……光洁的银河，似乎要以她赤裸的身躯，把黑夜中的大地卷裹进去，低垂下来，几乎伸手可及。真是明艳已极。岛村甚至以为自己渺小的身影，会从地上倒映入银河……当他挺身站住脚跟时，抬眼一望，

银河仿佛哗地一声，朝岛村心头倾泻下来。

这是《雪国》临近结尾的部分。究竟是岛村飞身银河，抑或银河拥抱岛村？是幻觉，还是实感？浑然不辨。银河，大地，人物，融为一体。

片片竹叶好似蜻蜓的翅膀，正同阳光嬉戏。阳光洒在竹叶上，如同透明的鱼儿，飒飒地流向他的心头。

——《春天的景色》

阳光洒满青翠的竹林，竹叶灿然翩然，作家的视觉意象宛如蜻蜓的翅膀，嬉戏的鱼儿。因“感情的移入”，“主观的扩大”，一切都灵动起来，生机盎然。天人物我合而为一，达到忘我无我之境。不难看出，川端的认识论中，糅进了佛教思想。“自他一如”“主客一如”“万物一如”，延伸下去，就接触到“多元的万物有灵论”，也即一种泛神论。作家对宇宙万物，不是理性的思辨，而是直觉的感悟，性灵的点化。凡此种种，全系于作家的艺术感觉。这种艺术感觉，诚如丹纳所说，在艺术家是“一种必不可少的天赋”，“是天大的苦功天大的耐性也补偿不了的一种天赋，否则只能成为临摹家与工匠。就是说艺术家在事物面前必须有独特的感觉”，“一个生而有才的人的感受力，至少是某一类的感受力，必然又迅速又细致。他凭着清醒而可靠的感觉，自然而然能辨别和抓住种种细微的层次和关系”，“而这个鲜明的，为个人所独有的感觉并不是静止的；影响所及，全部的思想机能和神经机能都受到震动”。[1]

不过，川端康成在强调感觉的同时，曾表示“不信奉‘感觉至上主义’，

1　丹纳：《艺术哲学》傅雷译本。

也不信奉‘惟感觉主义’。我并不想单凭感觉这把钥匙，去解决人生和艺术的所有问题。而且，那也是不可能的。”[1]“新感觉”和“新表现”，还需“新内容”打底。“今日的新进作家，谁都没把感觉当作惟一的生命之纲。”之所以重视感觉，是为了“使生活和作品具有新意”。用旧的感觉方式写出的作品，滞重，混沌，沉闷，读来不快；而“通过新感觉的眼镜，人生便是一种新的‘诗’的世界。”川端接着强调说：“当然，通过感觉来感受，通过感觉来表现，谁都没有忘记感觉的主体是人。”[2]

那么，作家遵循什么原则去感觉人生，表现感觉呢？是达达主义给了川端康成一线灵光。他读达达派的小说和诗歌，觉得颇为晦涩，难以看懂。推究之下，认为这是达达派诗人对“思维方式的一种破坏”，他据此引申出新表现的理论根据来。

川端第一步根据弗洛伊德的精神分析学，提出“自由联想”问题。医生在释梦时，让患者的想象力自由驰骋，不加约束，然后凭借片断的随意联想，找出洞察患者心理的钥匙。川端认为这种自由联想，便是达达主义的思维方法。

感觉活动的内容，必然要外化为语言，形成文章。语言有语法，文章有章法。这是人类为沟通思想感情时所应遵守的规则和约束。而规则和约束是“没有个性的，非主观的”。既然文学以语言为表现手段，它就是一种“契约的艺术”。文学必然受到语言文字的制约。“语言既赋予人以个性，同时又剥夺了个性。”这不能不是“文学的悲哀”。而语言文字是文学创作赖以存在的基础。“小说作为一门艺术，只有充分发挥语言的精髓，才能成立。”可以说，“古往今来东西方的作家，毕生都在同语言进行搏斗。”但是，人

1 《答诸家之诡辩》，全集第 32 卷第 491 页。

2 《文坛的文学论》，全集第 30 卷第 170 页。

的精神活动，毕竟不完全受制于语言。哲学，宗教，尤其是文学创作，对精神世界的探求欲深入一步，就会逸出语言的范围，要求打破语言的桎梏。人头脑里的种种意念，本来就“是直观的，杂乱无章的”，近乎自由联想的，只有在表达时，才将那些漫无头绪的想法，毫无关联的印象，加以筛选、整理、排列、组合，形成言词、文章。这一选择整理的过程，川端认为是按一定的思维方式进行的，“是一个复杂的心理过程”。[1]

对达达主义的思维方式，川端主要理解为自由联想，是“对旧的表现方法的反叛”。有些达达诗歌，“近于音词的无意义的连缀，不过是支离破碎的心象的罗列”，是诗人头脑中自由联想的直接表露，所以别人读来晦涩难懂。但既经作者选择整理，当然渗透着作家的理性判断，表层似支离破碎，实质具有内在联系。然而，象征主义不也同样晦涩难懂吗？为什么偏偏属意于达达主义呢？据川端理解，“象征主义是理智的，达达主义是感觉的”。同是晦涩难懂，思维方式各有不同。川端在这里特别提出达达主义，并非要学他们的晦涩难懂，而是要寻求一种“主观的、感觉的新表现”，力图从“陈旧褪色、冷然漠然的思维方式中解放出来”。达达主义恰好给了他某种“暗示”。他说：“文艺史上一切新文艺运动，新表现样式的出现，从一个方面说，都是人的精神要从语言的不自由的束缚下解放出来的愿望的迸发……精神通过语言，寻求完全自由的表现，是一种罗曼蒂克——浪漫主义运动，一种探索新表现的热情。我把新进作家力图从旧思维方式中解脱出来的表现，暂且称之为‘达达主义的思维方式’，把达达主义当作我的理论。”[2]

因此，川端康成和横光利一等新感觉派作家，为了“寻求自由的表现”，首先从语言切入，一反往昔的叙事模式。

---

1 《新文章读本》，全集第 32 卷第 204 页。

2 《新进作家的新倾向解释》，全集第 30 卷第 180—181 页。

横光利一发表于《文艺时代》创刊号上的短篇《头与腹》，小说开头的一段，被视为典型的感觉描写，为评论家所乐道："正午。特快列车，满载乘客，全速奔驰。沿线各小站，如同一块块石头，给甩在一旁。"这段文字，今天看来也许并不稀奇，但当时看惯了自然主义平缓而滞重的描写，就感到有力，快速，跃动。文字简略到不能再简略，只有几个词的排列，没有多余的叙述，没有感情的铺陈，都是直觉的形象，令人感到人在机械文明面前的无能为力。所以，川端康成说："没有人能像横光利一那样给一个个单词以生命。他的文章正是单词的舞蹈。"[1]

> 他捡起一块小石头，扔进森林。森林从几片柏树叶上抖掉月光，喃喃自语。

这是横光利一《日轮》中的一段文字。月光朗照，森林泛着清辉，石头击树，树木摇曳，叶片上光影缭乱，仿佛森林有了生命。主观感觉和物象之间，用具象的语言打通隔阂，建立联系。这在自然主义文学中是难以见到的，所以给当时的文坛以不小的冲击，引起若干争论。

尽管川端自谦说，"新感觉派时代是横光利一的时代"，他自己的"新感觉成分并不浓厚"，但从川端的全部创作来看，他倒是始终执著于以新感觉方式进行写作的。不但在《文艺时代》那个阶段是这样，即使在新感觉运动之前之后，川端的作品仍极具感觉表现的特色。他是"最大的语言魔术师"，同横光利一并列为新感觉派的双璧。

川端二十几岁时，写过百来篇"掌中小说"，即小小说，自称为"我的标本室"，是他练笔的结晶。这些小小说，篇幅不过二三千字，短则不足千

1 《番外波动调》，全集第 32 卷第 484 页。

字，形式完整，用笔凝练，充满象征的美。在表现人情细微、心理复杂上，不让普通的小说。内容大抵是自家的身世和爱情的失意，是川端青春期诗情的流露，也反映他文学上的审美意向。

> 山谷里有两泓池水。
>
> 下面一个好像炼过银，熠熠地泛着银光，而上面一个，则山影沉沉，发出幽幽的死一般的绿……
>
> 七月，将近中午，哪怕落下一根针来，都好像什么东西塌下来似的。身子仿佛动弹不得。
>
> 汗涔涔地躺着，觉得蝉的聒噪，绿的压迫，土的温暖，心的跳动，一齐奔凑到脑海里。刚刚聚拢，又忽地散去。
>
> 我恍如飘飘然，给吸上了天空。
>
> ——《拣骨记》

这是川端康成虚龄十八岁时写的一篇小小说，也即写于新感觉运动之前，但全篇已表露出川端文学的特质，感觉的手法已很鲜明。小说是写祖父死后，去火化场拣遗骨，川端突然流鼻血不止，一人躺在绿色小山坡上的种种感觉。开头两句，颇有象征意味：那“炼过银，熠熠地泛着银光”，同“山影沉沉，发出幽幽的死一般的绿”，仿佛是生死幽冥的对比。祖父的死，给川端的打击如此之强烈，那心理上的紧张与压抑，情绪上的悲哀与孤独，使“今后如何生活”这种对未来的惶恐不安，变成下意识的危机感，连落下一根针来，仿佛天也会塌下来，敏感到神经质的地步。“蝉的聒噪，绿的压迫，土的温暖，心的跳动”，“给吸上了天空”，由听觉兼及视觉、触觉与感觉，交相共鸣，勾画出主人公神魂失据、无所依托的复杂心象。又如：

大街的十字路口，有爿古董店。路边店旁，立着一尊观音像。大小如同十二岁的少女。电车一过，观世音冰凉的肌肤便同玻璃门一起轻轻地震颤。我每次走过，神经都微微感到痛楚，担心瓷像不要倒在路上。——由是做了一梦。

观世音直挺挺朝我倒了下来。

一双低垂而修长的皓腕，突然伸出，搂住我的脖子。无生命的手臂有了生命引起的那份惊悸，瓷器那种冰冷的感觉，吓得我慌忙闪开身子。

观世音无声地扑倒在地，摔得粉碎。

——《脆弱的器皿》

《脆弱的器皿》，典出《新约·彼得前书》第三章："你们做丈夫的也要按情理和妻子同住。因为她是脆弱的器皿。"川端把处女看作是"脆弱的器皿"，圣洁无比，是他永恒的憧憬。失恋，引起他自省，认为"恋爱本身，便能毁掉年轻的少女"。这篇小小说不足一千字，有现实，有梦幻，闪耀着神秘诡谲之美。

再请看：

一夜秋风，石榴树叶便落光了。

树下只露出一圈泥土，周围洒满了落叶。

君子拉开木板套窗，见石榴树变得光秃秃的，很是惊奇，叶子画出一个圆圆的圈，更觉不可思议。风吹叶落，本应是狼藉一地的……

——《石榴》

这是川端很有名的一篇小小说，两千来字，写尽年轻女子对即将出征的未婚夫的一腔柔情和复杂心曲。上面引文是《石榴》开头几句，写得很有意境，很有寓意。飞花落叶，本来便是日本传统的审美对象，意味着植物生机的寂灭，而兴起对无常的感慨。而落叶又画出一个圆转无穷、至善至美的圆圈，一个生成与寂灭的轮回之环。尽管小说的主旨并非写生死轮回，却透露出川端文学中浓重的无常观。

总之，对客观世界的认识，立足主观，重在感觉；在表现上，采用自由联想，突破语言樊笼，是川端康成等新感觉派作家的艺术方法，这种方法能窥人物心理之深，从中探幽索微，抉发生命实体。由于运用自由联想的叙述方式，作品自然带上极大的主观随意性，非逻辑性，不受时空约束的跳跃性。而作家的感觉，由于语言局限，有时势难缕述，加上表现上多是“心象的罗列”，“直接的表露”，因此，作品不免带有朦胧，飘渺，难以捉摸的特点。这，也正是感觉描写的一种美学特征。

当然，二十年代，是川端康成的文学探索时期。代表他这一时期文学最高成就的，自然是《伊豆舞女》，可是这篇小说倒恰恰是个例外，“新感觉的因子并不浓”。此外的一些作品，包括小小说在内，大抵着意于描写新感觉，寻求新表现。三十年代后，日本文坛盛行新心理主义，川端又在描写主观感觉、瞬间印象中，糅进内心独白、意识流手法。《抒情歌》《水晶幻想》等，是这类艺术探索的试作。要到一九三五年，《雪国》连载之后，川端康成才终于攀登上他文学的金字塔，形成自己的文学个性。

美丽与悲哀

一九二四年，川端康成在《文艺时代》发刊辞中写道：“由宗教的时代走向文艺的时代，这句话朝夕萦回于我的脑际。在古时，宗教高踞人生及民众之上，而未来的新世纪，将由文艺来占据这一位置……如同我们祖先埋骨于墓碑之下，相信永生净土而安然长眠，我们的子孙却能在文艺的殿堂里找到解决人类永恒的办法，从而超越死亡。”[1]艺术高于人生，美能超越生死。川端创作伊始,便透露出唯美的意向。日后在《文学自传》中又说:“我写评论，虽然也用真实或现实这类字眼，可是每每感到难以为情，因为我于现实，既不想去弄懂，也无意于接近，惟求神游于虚幻的梦境。”川端本来接触现实就不深，既然无意去接近，当然只能“神游于虚幻的梦境”，构筑一个美的世界了。作家对待人生与艺术，倘若不求其真，那便只能以表现其美为职志。战争时期,他从古代战乱中悟出一个民族的兴衰无常,但是,美一经创造出来，便难于毁灭。民族衰亡了，美却还存在。惟有美，才是永恒的。为此，“艺术应当蕴含永世不朽的灵魂”。那么，川端究竟以什么为美学原则，构筑自己的艺术殿堂的呢?

毋庸讳言，作为日本第一代现代派文学，新感觉派以取法西方为主。横光利一曾说过:“未来派，立体派，表现派，达达派，象征派，构成派，如实派的一部分，换言之，一切新倾向，都属于新感觉派。”[2]然而，就在新感觉派时期，川端康成已被视若“异端”，初期创作即已显示出浓厚的传统特点。不论是描写马戏班女艺人生活惨苦的《招魂祭一景》，抑或是再现浅草风俗的《浅草红团》，以及那些珠圆玉润的小小说，尽管都是新感觉的产物，却无一不流露出日本的情趣。这种对日本传统的倾斜，在川端的创作观上日益明显。川端康成在三十年代曾说:“我虽然接受西方文学的洗礼，

1 《〈文艺时代〉发刊辞》，全集第32卷第413页。

2 《感觉活动》，《新感觉派文学集》讲谈社版，第372页。

自己也试着模仿过，但骨子里我是东方人，十五年来从未迷失这个方向。”[1] 说他向传统回归，未必准确，事实上他从未离开传统。他在磨炼自己的艺术感觉和“高超的叙事技巧”，探索如何纳外来于传统，使二者浑然融为一体。这种探索，以《雪国》问世为标志，可以说结出了硕果。文学中的“异端”，恰好成了正统。

《雪国》起笔于一九三五年，最初分章发表在杂志上，一九三七年才收辑成书。作品几经改削，再三推敲，前后赓续十二年，至第二次世界大战后的一九四七年才最后定稿，为川端倾注心力最多的一部作品。小说一经发表，便见重于文坛，推崇为“精纯的珠玉之作”，是“日本文学中不可多得的神品”“堪称绝唱”。尤其当一九六八年川端获诺贝尔文学奖后，作品更抬高到“近代文学史上抒情文学的一座高峰”[2] 这样一种地位。当然，也有评论家批评《雪国》是“死亡与毁灭的文学”,“表现的是一种颓废的美”。评论家出于不同的道德标准和审美趣味，从不同的视角评价同一部作品，持论轩轾,在所难免。而对《雪国》评价歧异之大,也可说明川端创作之“新颖，复杂，重要”。

小说写东京一位舞蹈艺术研究家岛村，三次去多雪的北国山村，与当地一名叫驹子的艺伎由邂逅而生发情爱，同时对萍水相逢的少女叶子，也流露出一番倾慕之情。虚无思想甚重的岛村，认为人生的一切营求和努力，终归“徒劳”，对驹子的身世自感爱莫能助，决心分手；驹子虽然追求真挚的爱情，也终归“徒劳”而化为泡影；而叶子在意中人病逝后，亦在一场大火中死去。

川端写这部小说时，新感觉运动已于八年前结束，但是新感觉笔法，

---

1 《文学自传》，全集第 33 卷第 88 页。

2 长谷川泉：《近代文学史上的川端康成》，《川端康成其人与艺术》第 29 页。

依然随处可见。岛村对浮生若梦的喟叹，驹子爱而不得的怨望，叶子对意中人生死两茫茫的忆念，再辅以雪国山村的清寒景色，使全书充溢着悲凉的基调。至于纤细的心理刻画，灵动的自由联想，跳跃的文章结构，意在言外的象征，简约含蓄的语言，加之略涉官能的性爱描写，使小说恰似一幅幅情境朦胧、色彩绚丽的浮世绘。《雪国》奠定了川端康成幽美哀婉、空灵剔透的艺术风格，代表他小说创作的最高成就，成为他美学思想的集中体现。

第二次世界大战后，川端着意于从民族的历史和文化中寻找自己的归宿，宣称自己是立足于日本的传统美学，决心要成为地道的日本作家。步入中年后，他表示要在"余生"为光扬日本的传统美而不遗余力。

讲传统美，源远流长，众说纷纭，谈何容易。日本总的审美情趣，与其说是绮丽，不如说是淡雅，讲究一种余情余韵，务求在"清淡中出奇趣，简易里寓深意"，具有象征与朦胧的意味。日本的审美意识，可以说偏于感觉的、情绪的。一个民族前朝后代的美学理想尽管有其共通之处，但是，各时代有各时代审美导向，体现不同的社会风尚和美学特点。即以日本文学而论，上古时代的万叶诗歌，朴直壮美；中古时代以《源氏物语》为代表的散文文学，则秾纤哀婉；而中世和歌，读来幽玄妖艳，余情袅袅；近世的俳句，既有谐谑之趣，又以古雅闲寂之韵见长。其中，真诚，"物哀"，幽玄，是贯穿日本文学的三大美学理念。

具体说来，真诚，也即"修辞立诚"，在创作上力求以艺术手法，表现自然和人生的朴实纯真的形象。这在日本的和歌与俳句中，表现得最为明显。

"物哀"，为日本特有的美学概念，我国似无相对应的概念；此词国内日文界迄无定译，此处暂从原文照搬。"物哀"一词，最初见于日本古代歌谣，原为形声，指因赞赏、亲和、感慨、哀伤等情感所引起的感叹之声，以后进而表达“同情共感、优美纤细的怜惜之情”。其中对四时风物的感念，世事无常的喟叹，更具有悲伤哀婉的内涵，在平安朝（八至十二世纪）时，则成为贵族日常生活里必不可少的美学意识。而作为日本美学概念提出的，是江户时代(1600—1867)的本居宣长。他在评价《源氏物语》时，首先拈出“物哀”以点明这一作品的美感本质，而后成为日本文学中的一个美学概念。物哀，是心与形，主观与客观，自然与人生的契合，表现一种优美而典雅的情趣，具有悲哀的意蕴。不仅是平安朝文学的基调，也是日本文学一以贯之的素质。

幽玄一词，散见于中国古籍，原意指老庄哲学与佛法之深不可测。在日本，用于诗论，以概括中世艺术的特质，指作品中的象征之趣，韵外之致。但因时代不同，内涵亦有所不同，有平淡之美、妖艳之美、静寂之美等分别，是中世文学的代表性审美理想，在和歌、连歌[1]、谣曲[2]中表现尤为繁复多彩。到了近世，俳句的清寂古雅，使“幽玄”更具淡远超逸之趣。川端康成在《发扬日本的美》一文中说：“平安的幽雅哀婉，固然是日本美的源流，但是也还有镰仓的苍劲，室町的沉郁，桃山、元禄的华丽，递传而下，一直绵延到引进西方文明一百年后的今天。”[3]

递嬗变化的传统美，川端康成认为都源于一千多年前的平安朝文化：平安朝文化“形成日本的美……产生了日本古典文学中最上乘的作品，诗歌方面有最早的敕选和歌集《古今集》，小说方面有《伊势物语》、紫式部的《源氏物语》、清少纳言的《枕草子》等，这些作品构成了日本的美学传

1 日本中世纪流行的一种和歌联句，最多不超过一百韵。

2 即日本古典戏剧“能”的脚本和曲谱。

3 全集第 28 卷第 433 页。

统，影响乃至支配后来八百年间的日本文学”[1]。其中尤“以《源氏物语》集大成的王朝时代的美，成为后来日本美的源泉。”[2]而“《源氏物语》，从古至今，始终是日本小说的顶峰，即便到了现代，还没有一部作品能与之比肩……几百年来，日本小说无不在憧憬、悉心模仿或改编这部名作”[3]，至少川端本人把继承和效法《源氏物语》视为己任。他在少年时代便已浸润于平安朝的古典文学，《源氏物语》已“深深渗透我的内心”，是他精神上的“摇篮”。《源氏物语》中那种优雅闲适的贵族生活，缠绵悱恻的男女恋情，多愁善感的没落情绪，生死轮回的无常观等，和川端的气质十分相投。

由此不难看出，川端康成所继承的传统美，是以《源氏物语》为中心的优美纤细、多愁善感的贵族美学，同时又糅进中世幽玄妖艳的象征美。

一九六八年十二月十二日，川端康成在斯德哥尔摩接受诺贝尔奖的仪式上，发表题为《日本的美与我》的演说，较完整地阐述了他的美学观点。他自己曾说，这篇演说“谈的虽是日本的事，其实也是我自己的事”。后来发表的《美的存在与发展》和《日本文学的美》，虽然侧重略有不同，实际不过是这篇演说的补充和阐发而已。

川端康成在演说辞一开头，便引了道元禅师“春花秋月夏杜鹃，冬雪寂寂溢清寒”，和明惠上人“冬月出云暂相伴，北风侵骨雪亦寒”的诗句，认为是对“四季之美的讴歌”，是“对大自然，以及对人间的温暖、深情和慰藉的赞颂，也是表现日本人慈怜温爱的心灵之歌”。在这篇演说里，川端康成还举出其他诗人歌咏自然的诗句，说明日本人对春夏秋冬四时景物历来最为关情。他转引美术史家矢代幸雄概括日本美术特色时所引白居易诗

---

1 《日本的美与我》，全集第 28 卷第 355—356 页。

2 《日本文学的美》，全集第 28 卷第 423 页。

3 《日本的美与我》，全集第 28 卷第 356 页。

“雪月花时最思友”（白诗原文为：“雪月花时最忆君”），加以评说：“美者，动人至深，更能推己及人，诱发对人的依恋。此处的‘友’，广而言之是指‘人’。而‘雪’‘月’‘花’这三个字，则表现了四季推移，各时之美，在日文里是包含了山川草木，森罗万象，大自然的一切，兼及人的感情在内。这三个表现美的字眼，有其传统。”[1] 这段话，可谓知言。

作为岛国，日本处于季风带，季节变化，节奏鲜明。丽山秀水，白砂青松，明媚的风光，温和的气候，涵育了日本民族的心灵、生活、艺术和宗教。所以，日本民族既是自然崇拜的民族，也是耽于审美的民族，按矢代幸雄博士的说法，还是多情善感的民族，即使对无心非情的山川草木，花鸟风月，也都倾注感情，寄予爱心。《源氏物语》中有这样一段话：“四季风物之中，春天的樱花，秋天的红叶，都可赏心悦目。但冬夜明月照积雪之景，虽无色彩，却反而沁人心肺，令人神游物外。”[2] 春天的樱花，引发人生无常、世事幻化之感；秋日的黄昏，则又兴起寥廓高远、寂寞伤悲之情；一片落叶，一声蛙鸣，都能予人以妙悟与美感。这种对自然精微透彻的观照态度，形成日本审美意识的基础。和歌俳句，散文小说，大都体现了日本人的自然观，再现了自然的风貌与美。

川端康成不仅对日本民族的审美趣味深有了解，尤其敏于感受，富于情趣，善于联想。他能从盘根错节的古木，看出“深刻永恒的象征”，感受到“自然的生命”；那晨光映照的玻璃杯，使他发现瞬间的光艳之美；在异国他乡，遥闻教堂的钟声，会联想起日本的绘画，一缕神圣的故国之思，油然而起。他在自己的作品中，时常写到雪国山村，枫树红叶，尼庵古刹，名胜古迹等传统题材，予以美的表现，见诸《山之声》《千鹤》《古都》《美

1　全集第 28 卷第 347 页。

2　丰子恺译，人民文学出版社 1980 年版第 427 页。

丽与悲哀》等篇。其中《古都》堪称范例。总之，川端的小说能唤起读者的审美情绪和对传统文化的依恋，咂摸到日本的美。同时这些风物和民俗，在川端笔下，已不仅仅是小说的场景，本身就构成了艺术形象。川端正是以深厚的挚爱和虔敬的态度，在自己作品里表现了日本的自然美和传统美。

川端在演说辞中，还引了僧人良宽的辞世诗，“试问何物堪留尘世间，惟此春花秋月山杜鹃”。这首诗不仅“表达出日本文明的真髓”，还展露了一种脱然无累的旷达胸襟。诗人那颗“宗教的心灵”，升华为一种诗境，亦即一种艺术境界。那种希冀通过对自然和人生的“寂照静观”达到某种彻悟、求得解脱的宗教精神，可说已渗透在日本的审美理想之中，对川端的文学创作有直接影响。

他在阐述新感觉派的认识论时，所强调的直觉体认，主观感觉，以及所要达到的“主客一如”“万物一如”的“无我之境”，与这种观照精神是一脉相通的。川端在演说辞里解释明惠和尚咏月诗时说：“与其说他‘以月为友’，毋宁说‘与月相亲’；我看月而化而为月，被我看的月化而为我，月我交融，同参造化，契合为一。”这同他的新感觉理论多么一致！

> 抓住挡雨板，朝樱树望去，不知蝉究竟落下来没有。月夜仿佛已很深沉。觉得那深沉正弥漫开去，远远地。
>
> 八月十日还不到，虫子就叫了。
>
> 似乎听得见夜露滴落的声音，从一片叶子滴到另一片叶子上。
>
> 忽然，信吾听到山的声音。
>
> 没有风。月色澄明，宛如满月。可是，夜气潮湿，小山上的树影朦朦胧胧。风吹过，竟纹丝不动。
>
> 信吾蹲在廊下，就连那儿凤尾草的叶子，也一动不动。

在镰仓所谓的山谷里，夜里有时能听到波涛声：信吾疑心是海潮声，然而，依旧是山之声。

好似远风呼呼，却又深沉有力，犹如地啸。也恍如脑子里的声音。信吾以为是耳鸣，便摇了摇头。

声音停了。

万籁俱寂，信吾猛然怕了起来。难道是死的昭示吗？身上竦然冰凉。

这是《山之声》中，主人公初次听见“山声”时的一段描写，有感觉，有幻觉，可以看出川端精细周到的审美观照。幻觉中，透露出主人公对死之将至的内心恐惧。在动与静的表现中，弥漫着神秘、冷寂的氛围。虽然有虫鸣，有夜露的滴沥，也有主人公幻觉中的山之声，然而，细心“听去”，周遭不是只有死的声息吗？

抬眼望去，东边的树林中间，有一颗很大的星星在熠熠发光。

启明的晨星，菊治已有几年没看见了。一面思忖，一面站起来，看到一片浮云正遮住天空。

星光从云中灿然四射，那颗星显得格外大。晨星的边缘，好似水汽淋淋的。

晨星如此清新明丽，自已却在捡茶碗的碎片，往一起对拢，菊治不由得自怜自叹起来。

于是，把手中的碎片又随手丢在那里。

这是《千鹤》的主人公菊治与文子情好之后的一段描写。不谈文字的内涵、寓意和象征，仅就川端对自然的观照而言，可说与《山之声》那段有异曲同工之妙，依然是那么细腻，那么精致，仍旧是清幽冷寂的意境，只不过略带感伤而已。

短篇《水月》是以“水中之月”“镜中之像”结撰全篇，是脍炙人口的一篇小说。小说描写一个再婚女子对死去的前夫那种刻骨铭心的怀念。通篇以女主人公梳妆用的一面手镜为媒介，把即景抒情和抚今追昔的意绪巧妙地交织在一起。手镜好比“爱情的眼睛”，是夫妻恩爱的见证，蕴含着女主人公强烈的思念和憧憬。水中月影，本是虚幻，而镜中水月，更是虚而又虚，幻而又幻，以喻“往事已成空”，“前事无寻处”那种人生的无常。作者似乎把现实当成了镜中景，镜中景转而“成了新的自然和人生”，仿佛“只有镜子里反映出来的，才是真实的世界”。

川端在答奖辞中说：“有的评论家说我的作品是虚无的。但西方的‘虚无主义’一词，于我并不适用。我认为，其根本精神是不同的。”川端正是以虚静无为的态度去观照世界，他的小说可以说是“虚无”的，但又不是西方式的虚无主义，因为内中体现了东方精神，与佛教有相通之处，他擅长捕捉外界事物给他的瞬间意象或感觉，所创造的美，宛如那镜中水月一样空灵，不可言说，无迹可求。这可以说是川端小说风格上的一大特征。

一九四七年，川端在一篇题为《哀愁》的短文中说：“战败后的我，只有回到日本自古以来的悲哀中去。”[1]“我不过常以自己的悲哀去哀怜日本罢了。战败之后，这种悲哀想必更加沦肌浃髓了。”[2]

一九五二年，在《赏月》一文中又说，每逢赏月，一缕日本式的哀愁，

1　全集第 27 卷第 391 页。

2　《独影自命》，全集第 33 卷第 269 页。

总会暗暗潜入心头，而这缕哀愁，连类而及，使他深味日本的传统。《不灭的美》一文进一步指出："在日文里，'悲哀'与美是相通的词。"[1]——美即悲哀。前面讲到《源氏物语》的审美理想是"物哀"，其本质就是"悲哀的美学"，这是日本审美意识的基调。"悲哀就是对美之毁灭的感触"[2]，是对生命之有涯的悲剧意识。偏于直观性和情绪性思维的日本人，是善感的。自古以来，日本的文艺无不带有悲哀的韵致，具有感伤的情调。到了平安朝，往生净土、生死轮回的佛教思想极为流行，影响深远。感伤的审美观照中，又注入无常的意识，从"寂灭为乐"发展为"以死为美"。

美即无常，无常才美。飞花落叶之所以被认为美，就因为凋零，也即死亡；在片刻暂留的无常中，才显出生命的光辉、存在的价值。樱花之所以备受喜爱，就因为此花易落，最能唤起日本人特有的无常感。对樱花的赞颂，实则是对生之无常的咏叹。生如樱花，艳兮灿兮，也许仅在一刹那间，然而，这一刹那的生，何其美妙！赏花人的内心深处，因哀怜好花之无常，才在这一缘一会之中，体会到生命的美好。倘如花儿永不凋谢，人也永生不死，二者遇合恐怕就无从产生共感了。著名作家芥川龙之介一九二七年自杀前，在致友人的遗书里写道："大自然之所以美，为映入我临终的眼之故。"川端康成在《临终的眼》一文中提到芥川这句话时说："一切艺术的极致，恐怕就缘于这种临终的眼吧。"[3]因为只有到临死，才更能体会生之可贵，才着意抉发生前未及注意的美，凡是行将失却的，都使人备加留恋。"鸟之将死，其鸣也哀；人之将死，其言也善"，不是一个道理吗？日本作品里流露出来的感伤与悲哀，其思想底蕴，便出自对自然与人生的无常感。《万叶集》中为数甚多的挽歌，

1 全集第28卷第380页。

2 梅原猛：《古典的发现》，讲谈社版，第158页。

3 《临终的眼》，全集第27卷第16页。

《源氏物语》对往生净土的祈求,《平家物语》开头那段“诸行无常”的名文,芭蕉那满蕴死的谛念的俳句,近松的情死剧,直到川端的小说,都能读出这种无常感。总之,日本人以死为美,“是死的美学的爱好者”。[1]

而川端康成,就更其是“死的美学的爱好者”了。亲人的相继去世,故旧的接连死别,使他“对于死,仿佛比对生更加了解”[2]。他从一己的生命体验,感悟到生的无常。同时,佛教的空无观也给他的思想以深刻的烙印。在“生于儒死于佛”[3]的国度里,身为“送葬的名人”,写“悼辞的作家”,自幼便看惯了双手合十的虔诚,听惯了往生净土的佛号,所以,他不把佛典“当作宗教的教条来看,而是作为文学的幻想来尊崇”[4]。还在童年时代,他便以一颗童稚之心歌唱那“东方的白鸟之歌”——佛教的经典。从日本的儿歌,到朝圣者的巡礼歌,甚至在日本的军歌里,都能感受到一缕哀愁。他的作品,渗透着人生幻化、世事无常的慨叹。爱之所以徒劳,乃因生之奄忽,修短无常,如白驹过隙。因此,《雪国》里,岛村认为驹子的爱如春梦一般短暂,“远不如一匹麻绉那么实在,麻绉还能以确切的形式保存下来”;《千鹤》里,比起传世的茶碗,人寿几何,还不及瓷器的几分之一!他认为:爱亦是飘忽无常的,只有死才是终极。死净化一切,也宽宥一切。川端正是以一双“临终的眼”,冷峻而深邃,审视着人的命运。他的作品几乎不大让人感到生的充盈和喜悦。相反,倒是随处都笼罩着死亡的阴影。《雪国》中行男的夭折,导致叶子的死,也结束了岛村和驹子的爱情。《千鹤》中太田夫人爱极而死,使那种不经的爱,升华到所谓“美的境界”。《名人》为

---

1 梅原猛:《古典的发现》,讲谈社版,第 162 页。

2 《临终的眼》,全集第 27 卷第 14 页。

3 吴经熊:《禅学的黄金时代》,台湾商务印书馆版,第 271 页。

4 《文学自传》,全集第 33 卷第 87 页。

了棋艺，为了终生的胜负，不惜以死相搏。《山之声》简直就是死的跫音。川端本人尤其身体力行，以自杀实践了他所追求的这一“死的美学”。“死亡就在脚下”！即使他的少作，如《十六岁的日记》《送葬的名人》《拣骨记》等，也都透露出一种无常感。所不同者，是早年作品优美抒情，带有青春的气息，而中年以后，尤其是晚年诸作，冷艳幽寂，缭绕死的氤氲，显现一种颓废、荒凉的美。

形成川端这种空无的美学观的，固然同他充满悲哀与死亡的个人身世有关，尤其因为他所处的时代是一个充满悲哀与死亡的时代。就是说，家庭环境与个人遭遇影响着川端的气质和性格，而时代气氛倒是更重要的因素，使他在审美意识中突出了感伤这一倾向。他曾遥闻第一次世界大战的炮声，目睹一九二三年关东地震的惨祸，三十年代国家的日益法西斯化，更不能不使他感到无能为力的悲哀。他在作品里虽无直接的表现，但曾说过这样的话：比起小林多喜二的被杀，横光利一的生存，却更其不幸。从中可以体会出时代对于川端的压抑感。他写《雪国》时，正值日本疯狂发动侵略战争之际，一切言论自由都被取缔，他在电车上和灯火管制的床上阅读《源氏物语》，也是“对时势聊以表示反抗和嘲讽”[1]。他既“不那么相信战争时期那套政治说教，也不大相信战后现今散布的言论”[2]。所以他只能“回到自古以来的悲哀”中去，这种悲哀与他的心境贴切吻合，对他是一种“慰藉与解脱”。特别是“二战”日本失败前后，他那种没落、虚无的悲哀，更是有增无已，自哀“是个亡国之民”。

---

1 《哀愁》，全集第27卷第392页。

2 《东京审判判决之日》，全集第27卷第403页。

“生命即官能”

“我没有无产阶级作家那种幸福的理想。既没有孩子,也做不了守财奴,更加看透声名的虚妄。在我,惟有一颗爱恋之心才是我生命之本。”[1] 可不是,从一九二六年发表《伊豆舞女》以来,直到晚年,除了描写自家身世以及《名人》等少数作品外,川端的小说大抵以女性为主要人物,爱情为主要内容,死亡与悲哀为其不变的基调。或者可以说,爱情是川端创作的一贯主题,甚至是晚年创作的惟一主题。孤儿出身的川端,或许比常人更渴求爱情?总之,爱情成为川端创作之源,生命之本。“爱是天地万物与人心的桥梁。恋人的爱,能化为女人的心泉”,“失去了爱情,花香鸟语便失去了意义,成为空虚”[2]。爱的主体,本是男女双方,但在川端笔下,竟然只有女人,因为“能够真心去爱一个人的,只有女人才做得到”,而且,“女人比男人美……是永恒的基本主题”,“是一切艺术创作的源泉”,“如果没有这一女性的品格,创作力就会衰竭,就会失去魅力”[3]。女性美成为川端审美追求的主要内容。川端不大塑造男性形象,即或写,也“常把讨厌的男子当作背景,来描写喜爱的女子”[4]。所以,比较起来,他笔下的男性人物也远不如女性那么成功,那么有光彩。川端之所以不写男性,也有其原因:“倘要写男性,便须写他的工作,而政治,经济,以及意识形态这类主题,其生命维持不了三五十年。这类主题几乎留不下来”[5]。他在《千鹤》中,就没有具体写主人公菊治的职业,工作情况,怕“有损于作品的情趣”[6]。可见,川端是出于唯

1 《文学自传》,全集第 33 卷第 87 页。

2 《抒情歌》,全集第 3 卷第 489 页。

3 《女性的气质》,全集第 27 卷第 178 页。

4 《自著序跋》,全集第 33 卷第 588 页。

5 《川端文学——海外的反响》,《国文学》第 15 卷第 3 期第 133 页。

6 《独影自命》,全集第 33 卷第 537 页。

美的考虑，回避现实社会，把审视的焦点集中到爱情，集中到女性。

川端的小说“充满对女性的体贴”，表现她们纤细的情感，曲折的心理，寂寞的忧伤和官能的气氛。他尤其擅长描写日本的传统女性，如伊豆的舞女，《雪国》的驹子、叶子，《山之声》的菊子，《古都》的千重子、苗子等。她们美貌善良，温婉柔顺，具有至美的人性，可以说是川端心目中真善美的化身。川端笔下的这类女性，有一共同之处，即几乎全是未婚的少女，即便《山之声》中的菊子是已婚女子，川端仍把她写得如同少女一般姣好。川端视处女为神圣不可侵犯，“永远是可望而不可即的”，抱有无限的崇拜，深永的思慕和憧憬。或许是川端对失去的意中人内心永久保留着“哀恋之情”？抑或是对伊豆的舞女永远怀着“浪漫的思念”？那刻骨铭心的系恋，朦胧难宣的希冀，虽然使川端的爱情小说缺乏西方作品那种惊心动魄的激情，但也充满委婉的含蓄之美。川端塑造的那些可爱的少女，命运都不尽如人意，虽则还不是悲剧，但爱情的结局总不那么圆满，常常流露出好事难谐的惆怅。

但在川端的审美情趣中，有种颓废的倾向。据说是“由于家中没有女人，对性的问题也许有点病态，自幼便喜作淫乱的妄想”[1]。川端不光称扬女性的精神美，出于对女性柔滑细嫩的肌肤的恋慕，女性的肉体更使他关情。早期作品中，如小小说《港》《二十年》《穷人的情人》《阿信地藏》等，写过一些所谓“无贞操”“不道德”的女性。那时的着眼点不在表现性爱和官能，也没有露骨的描写，更多的是对女性命运的思索，“是生命的自由与悲哀的象征”[2]，写得清纯可爱，很有情味。可是，《雪国》之后，官能的表现已隐约可见，特别是“二战”后，川端的审美情趣发生极大变化。此后的爱情题材作品，就有不少笔墨写到官能。相对而言，《雪国》尚属含蓄，还

1 《少年》，全集第 10 卷第 163 页。

2 《独影自命》，全集第 33 卷第 471 页。

能算作情爱。驹子和叶子各具个性，有自己的独立人格；岛村即使带点逢场作戏，至少对驹子还表现出一种人性，对自己尚有某种道德约束，然而，五十年代发表的《千鹤》《山之声》，主人公对自己并非没有道德的谴责，但不能否认小说已开始逸出伦理道德的规范，到六十年代的《睡美人》等，就只剩下露骨的色情和变态的欲求了。他的审美意识“完全冲破道德的框框，奔向可怕的美的地狱”[1]。

《千鹤》的情节，只是一个叫菊治的青年同身边几个女人错综复杂的纠葛。他一方面与亡父生前的情妇太田夫人及其女儿文子发生苟且情事，同时又对先父的另一个情妇给他做媒认识的雪子爱慕不已。整个故事在演示茶道那种幽雅闲适的情景中展开，但却充满了既不幽雅也不道德的欲情。诚如川端自己所说，《千鹤》的“目的在于写不道德的男女关系”[2]。川端把男女主人公——菊治和太田夫人以及文了，置丁道德的冲突之中，并为各自的罪孽苦恼不已，但矛盾的最终解决，不是道德的胜利，而是情欲的凯旋。

菊治对自己同太田夫人的关系，尽管有过“道德上的不安”，觉得自己好像“被裹进黑暗而丑恶的帷幕之中”脱不开身来，但他“既不后悔，也不嫌恶”，甚至“可以说道德观念根本就没有发生作用”。他完全“沉浸于柔情蜜意之中”，“常常为之情思缠绵”。当太田夫人出于爱的怨望自杀之后，菊治又在文子身上看到太田夫人的面影便移情于她的女儿。对这种污行秽迹，菊治不觉得理该“诅咒”，道德上也毫无负疚之感。他不再把文子看成太田夫人的女儿，而是奉为自己“命运的主宰”。他终于钻出了那层长久笼罩着他的道德的帷幕。到这一步，道德对他已不复存在。

岂独菊治是这样，太田母女不也如此？太田夫人口口声声说自己在“作

1　梅原猛：《美与伦理的矛盾》，讲谈社学术文库 154，第 20 页。

2　《〈千鹤〉的作者》，全集第 33 卷第 196 页。

孽”，可“一旦堕入那另一个天地”，便不分什么亡夫、情夫和情夫的儿子，只剩下本能和情欲，成了“史前或人类最后一个女子”；文子明知母亲和菊治情好，却依旧委身于菊治。这种父子同淫一女，母女共事一男的逆伦关系，任情纵欲、无视道德的行为，川端看到的仅仅是生命的活力，不以为丑，反而美化文饰。因为“爱情导致行为上的美丑，不过是根据道德的有色眼镜罢了”[1]。倘如道德束缚了这种本能，压抑了欲念，便是人的悲哀。因而，依川端的看法，蔑视伦常道德之举，正是生命力张扬的结果。既然道德不过是副“有色眼镜”，完全可以弃置不顾，所以在《千鹤》里，川端已不是一般意义上的否定道德，而是冲进千百年来人类文明所形成的性爱禁区——伦常关系。情欲固然不应泯灭，但终究有个限度。人之所以为人，有别于兽类，正在于有道德的约束。《雪国》里虽然也有官能描写和暗示文字，但笔墨尚有分寸，相比之下，《千鹤》不免有些出格了。川端过分重视和强调性爱与官能，其原因盖在其偏颇的审美原则：“生命即官能”[2]。反过来，官能也即生命，性爱便是美了。一个女人能不受道德的禁锢，顺乎“造化之妙与生命之波”，无所牵绊地同许多男人相爱，正是女子生命之美的佐证！川端用一对传世名窑茶碗之“健全、富于生命力，甚至还带点官能的刺激”，来比喻小说里男男女女“灵魂之优美，精神之纯洁”。太田夫人是“没有一点瑕疵的最高贵的妇女”，文子是“无可比拟、至高无上的存在”。他们专执于感情之美，置道德于不顾。川端自己也不讳言：“我的作风，表面上看不明显，实际上颇有些背德的味道。”[3]他“最感不满的，就是道德上的胆小

1 《文艺时评》，全集第 31 卷第 539 页。

2 三岛由纪夫：《永远的旅人》，河出书房新社版《文艺读本・川端康成》，第 42 页。

3 《文学自传》，全集第 33 卷第 94 页。

怕事”[1]。所以，他进而故作惊人之语:“作家应该是无赖放浪之徒”，“要敢于有‘不名誉’的言行，敢于写无道背德的作品，做不到这一步，小说家就只有灭亡……”[2]。提到作品存废的高度，确乎称得上危言耸听。

这种放浪的文学主张把他引上了一条死胡同。与《千鹤》差不多同时在刊物上连载的《山之声》,也是一篇向伦理道德挑战的作品。所不同者,《山之声》写的是老人与性的问题，作品没有正面描写不道德行为，而是通过主人公信吾的八个梦，表现无意识中受压抑的欲念。信吾是年过花甲的实业家，有妻子儿女，尽管儿媳菊子纯真美貌，儿子修一复员后却变得颓废虚无，另有相好。信吾出于对儿媳的同情，不知不觉间动了爱怜之心。尤其信吾年轻时所爱的意中人，嫁给别人，不久便病故了。失望之下，信吾娶了意中人的妹妹。这一不如人意的婚姻，使他对美丽的妻姐，终生不能忘情，在他心里，妻姐“永远是圣洁的少女”。他把这份真情，寄托在儿媳菊子身上，这是信吾的感情天地里最后一抹夕阳残照。但是，这微妙的感情波动，仅存在于信吾的潜意识里；在现实当中，公公眷恋儿媳，是违背人伦，“受美育所斥拒”，为道德所不容的。所以，信吾不得不戴上人格的面具，做个蔼然长者，颇有谦谦君子之风。然而，日有所思，夜有所梦，“梦因愿望而起”。于是，产生种种荒唐而淫乱的梦，只有在梦里，信吾才得以宣泄自己的情感，满足那压抑的欲望。如第一梦里，信吾同一木匠女儿有了切肤之谊，第三梦是同一年轻姑娘拥抱，第六梦是抚摸一对悬浮空中的孔房，等等。有的梦具有复杂的潜在意义和象征内涵，如第八梦，显在的形式是沙滩上的两只蛋，一为蛇蛋，一为鸵鸟蛋，隐喻菊子和儿子的情妇同时怀孕。小说第十章《鸟之家》中，描写菊子曾在后门口发现一条大青

1　《文艺上的叛逆》，全集第 31 卷第 343 页。

2　《夕照的原野》，全集第 28 卷第 365 页。

蛇，吓得很久不敢走后门。所以，蛇蛋当是菊子怀孕的象征；而那条大青蛇，信吾称作“一家之主”，实际上正是一家之主信吾自己的象征。那么，蛇蛋孵出的小蛇，岂非大青蛇之后？故第八梦不仅具有象征的意味，同时也是欲望的满足。

显然，《山之声》里回响着弗洛伊德学说的影响。对于弗氏理论，早在二十年代，川端阐述新感觉派主张时，便提到过释梦及自由联想。始于小小说直到晚年作品，川端写过不少梦境。这是不难理解的，既然无意于描写现实，便“只能神游于虚幻的梦境”[1]了。他是梦的爱好者。在梦境里，可以摘去人格的面具，变成大胆而放肆的“无赖放浪之徒”，无拘无束地表露人的情感和欲望，道德的与不道德的，甚至可以超越生死的界限。《千鹤》是置伦理道德于不顾，《山之声》里，信吾倒是顾到道德的，小说却展示他潜意识中的不道德。他那些违反人伦的欲念，或是自己未意识到的，或是本人不敢承认的，统统受到道德的制约。他做的那八个梦，也全都经过一番改装。第六梦醒后，信吾一再思量，发觉那些不知名的“梦里姑娘，岂不就是菊子的化身？”只不过为了矫情掩饰，避免道德责备，所以“连在梦中还要对自己隐瞒，蒙骗自己”，“他想爱的，不恰恰是处女的菊子，就是说，和修一结婚前的菊子吗？”信吾为自己辩解：“梦里爱菊子又有什么不好？梦里有什么可忌惮的？有什么好害怕的？”他想撇开道德，但即使撇下了道德，年迈体衰，生命枯竭，在梦中也缺少那种奔放的冲动力呀！梦里淫乱，既无爱情，也“毫不动心，说来可怜。这比什么奸情都丑。真乃衰老之丑”。小说最终回到“生命即官能”这一命题上，其底蕴似乎在探寻老人存在的意义，缕叙生命的悲哀。对这一主题的拓展，见于十年后川端年逾六旬时写的《睡美人》等描写老人变态心理的作品。

1 《文学自传》，全集第 33 卷第 87 页。

《山之声》借梦的变形，写翁媳之间反人伦的爱，尚停留在精神上的欲求，《睡美人》里的江口老人，则直接去一个“睡美人之家”，眠花宿柳。这是专为“已非男人的老人”开设的淫乐场所。江口家有老妻，三个女儿均已出嫁，事业上已告老退休，成了社会上的多余人。此公有钱亦有闲，只“因衰老而绝望不已”。经朋友介绍，前后五夜去这所“睡美人之家”，夜夜都有一位服药嗜睡的少女陪宿。江口虽不像别的老人那样，完全丧失男人的能力，但身旁偎着年轻的睡美人，却不能不感到老朽的凄凉、衰颓的丑恶。小说通过江口老人在这五夜里一面玩弄这些毫无反应、如同艳尸一般的睡美人，一面冥思遐想，追忆往事，哀叹青春已逝，感怀死之将至。现实与幻觉、与回忆，交织在一起，展现一个妖艳的官能世界。

这篇小说同川端的其他作品一样，作者把人的活动孤立于社会现实之外，处在一种与世隔绝的状态，就连那所“睡美人之家”也地处一个远离尘嚣的海滨，房间四壁挂着猩红的丝绒幔帐，在这个封闭的色情世界里，人的全部活动都围绕着性。性成为衡量生命意义和存在价值的惟一尺度。小说的题旨，在于强调“生命即官能”，失却官能的生命即显露出衰老的丑态。在川端笔下，老人与性爱，实际上是生与死的象征。“老人是死亡的邻人”，性爱是生命的本原。肉体虽然衰萎，却依然执着于生，执着于对性的追求。由人老心不老的矛盾，感发所谓生命之深沉的悲哀。人生入于暮境，元气已趋丧失，只有躺在年轻姑娘的身旁，“才感到生机盎然”，因为她们“就是生命本身”。而那些“妖妇似的”睡美人，虽历经老人玩弄，却依旧保持其处女之身，这并非因为老人守礼自重，乃是他们衰老、无能的标志。处女的“贞洁”，愈加显出老境之不堪。失去生命的活力，激发不出强烈的性爱，川端贬之为丑恶，而这丑恶属于衰老！

所以，那些已非男人的老人，就只有“绝望”“恸哭”的份儿。江口虽不服老，想对睡美人施以强暴，显示自己作为男人的力量，可是，“这里无需暴力和强制”，睡美人“昏睡得如同死去一般”，了无反应，压根儿不知道什么人睡在身边，倘若白天走在街上彼此相遇，也认不出昨夜曾陪伴过的老人。对于她们，老人的存在等于零。以她们的年轻美貌，反衬出老人生命的“空虚”和“无价值”。江口没法不感到屈辱和绝望。躺在睡美人身旁，老人越发意识到死亡的实在,更加“诱发出死的心情”。在生与死的对比中，作品很难使人认为是对生命的礼赞，通篇散发出死亡的气息。小说的末尾，就是以一个睡美人的死作为结束的。

按说官能的表现应是对官能的主体——人，亦即对生命的探索和歌颂。可是，那些睡美人全然是“非人的物化”，她们的生命“虽然没有终止，生命的时间却已丧失”。她们无名无姓，虽生犹死，是不含精神的躯壳，是没有人格的“活尸”。在这个淫窟里，“一个不是男人的老人，同一个沉睡不醒的少女的交往，自是非人的交往”。这不能不说是对人性的践踏，对生命的亵渎。

当然,今日之下,谁也不会否认满足人的欲求的自然性和合理性,但是,如果把这种官能欲求强调到不适当的地步，甚至把生命的自由仅仅归结为性，把官能的欲求作为生命的最高表现，视若“生命的极致”，那就显得偏颇而荒谬了。小说在极为圆熟的艺术形式下，隐藏着极其颓废的虚无思想。

从《千鹤》《山之声》开始，川端闯入伦理道德的禁区，但这两部作品好歹还属于性爱的范畴，而《睡美人》便只有色情而无爱情了。在川端的全部作品里，以其惊世骇俗的反道德倾向而言，这篇作品，可算达到“极致”,恐怕无出其右者。作者无意于接近社会现实,那么在个人的感情天地里，还有什么题材可写呢？川端自己曾在一篇文章中说，因为得了诺贝尔文学奖，反而失去了自由，受到盛名之累，才思阻塞[1]。果真如此吗？——事实上，从川端的年表来看，早在一九六八年得诺贝尔奖之前，创作力的衰退便已显露出来。除不时写些散文随笔，小说只寥寥数篇，其艺术价值无法与前期作品同日而语，个中原因，比较复杂，其中极其重要的一条，正是他晚年那种不健康的、颓废的、放达的美学追求，把他推上了文学的绝路而不能自拔。

一九七二年四月十六日，川端康成突然以煤气自杀，终年七十三岁。他终于"身体力行"，实践了他所追求的"死的美学"。他的自杀，给文坛的冲击，只有两年前三岛由纪夫的切腹可与之相比。由于没有留下遗书，各家不免纷纷揣测，诸如孤独说，老丑说，长期服药精神失常说，意外事故说，等等。一时莫衷一是，也许都有道理。但是，一个作家异乎寻常的死，同他的文学创作，文学历程，文学道路，毕竟不能完全脱离干系的。川端文学生涯的结束，给人留下诸多思索，或许还是一个教训。

1 《夕照的原野》，全集第28卷第364—365页。